高晓君 著

商界诗人 高晓君

中国商业出版社

图书在版编目（CIP）数据

商界诗人高晓君 / 高晓君著. -- 北京：中国商业出版社，2017.3

ISBN 978-7-5044-9704-8

Ⅰ. ①商… Ⅱ. ①高… Ⅲ. ①诗集—中国—当代 Ⅳ. ①I227

中国版本图书馆CIP数据核字(2017)第030150号

责任编辑：孙锦萍

中国商业出版社出版发行
(100053 北京广安门内报国寺1号)
010-63180647　www.c-cbook.com
新华书店经销
北京洛平龙业印刷有限公司印制
★
889毫米×1194毫米 32开 7.75印张 100千字
2017年2月第1版 2017年2月第1次印刷
定价：39.80元
★ ★ ★ ★
(如有印装质量问题可更换)

序言

诗难裹腹养心肺　酒不解渴润平生

文/ 李宏刚　《中国商人》杂志社社长兼主编

2016年的第一场雪，比以往来的确实更早一些。气象局说了，雪是好雪，但风不正经，爱撩姑娘的裙子。哈，其实，雪也正经，风也正经，只是人不正经，尤其是雪夜喝酒的人。喝多了，会撩情，尽管此情常非彼情。夜半微醺，踏雪归家。此时瞄世间，万物素裹，灯光倾泻，层峦叠嶂，宛若写意，春风度人。看朋友圈，有美女失眠，说失眠中的诗与远方……一股丹田之气涌来，挥动手指：诗在远方，远方也在远方。苍穹下的黑夜里，你的眼睛为谁明亮？深夜里的诗，又为谁而奔跑歌唱？灵动的失眠，又为谁而深邃悠长……

酒总是要醒的。第二日早，点开朋友圈，才发现昨夜自己有吟唱，羞愧不已。姑娘，不该半夜谈诗的，从来只在场面见，休弄缠绵绿绮音。姑娘，吟诗不是撩拨你的情怀的，他只是我雪夜里温暖自己的流水而已，与你无关。

爱与诗，谁共我？醉明月，谁与我？现在的朋友圈里，已经没有人知道我曾写过诗。红尘万丈，往来熙攘，大家都在摸石头，或捉耗子，如果我说我写诗，岂不互相尴尬？买房购车寻老婆，吟诗赋歌能过活？有一次饭局，一位资深美女说，看你面相气质，确实是个大文人。我说你别骂我了，你就叫我骚客吧。美女眉眼含笑，眼眸雾水充盈：你是说你很风骚？闷骚？哈哈……那个美女的牙很白啊，没有蛀牙，牙也都很全的，没有缺一颗。从此，美女见我就叫骚客了。我面带真诚的微笑，内心说的是，还好，没有直白地呼我诗人，要不，诗人我，如何在朋友圈里面混？

谈什么诗歌呢？还谈什么诗歌呢？从前的日色变得慢，车、马、邮件都慢，一生只够爱一个人……北岛曾说过：那时我们有梦，关于文学,关于爱情,关于穿越世界的旅行……如今我们深夜饮酒,杯子碰到一起,都是梦破碎的声音……

梦,每个人都有,就像久居城市的人都做个田园梦,想着陶渊明。陶渊明曾采菊东篱下,悠然见南山。现如今,东篱下,房价攀高;看南山,门票价高。回身看,相识满天下,多是名利人。万里红尘中,钱牵爱和恨。天涯路长,我们对酒当歌,一醉解千愁;天涯荒凉,我们酒肉穿肠,快感润红尘。

而时间,终过得太快,有一眨眼已老去的感觉。万千的过往,似乎就在昨日。而走过了千山万水,满眼诸多,静品香茗时,笔下终无语。"而今识得愁滋味,却道天凉好个秋。"近来怕说当时事,结遍兰襟。月浅灯深,把栏杆拍扁,依旧无语。才知道,岁月深沉成了沉默,阅历深沉成了无语。

就像面对昔日的人儿,曾经的刻骨铭心,曾经的万般情愫,时隔经年,事隔经年,若我会见到你,我将以何贺你?

只有以沉默……

生活滚滚向前,我们平静呈面。

只是,在某个时候,在某个场景,面对某个人的时候,面对某个事的时候,诗歌,依旧在我们内心涌动。只是,我们不再吟唱,甚至不再写出来示人。

诗歌没有死,它驻扎在内心,为心怀美好醒着,为心怀安静活着。你爱的人还在,你爱的事还在,你爱的理由还在,诗歌就依旧在。

因此,常常面对诗歌,面对写诗的人,我是充满了热情与爱戴。

高晓君是我的老乡。人豪爽,酒量好,兵马俑的造型与性格。

一冬日,有朋友摆下羊腿宴,喝养生酒,席间有美女。晓君见那美女颇矜持,众人万般调情,她不动,气氛再热,也不摘帽。晓君便喝下数瓶养生酒,随后手抚胸前,眼望远方,声似洪钟,诗从口出。

真个"酒酣而热,仰而赋诗"啊!醉眼看他,形象恰似鲁智深,古风颇在。屋外风在凛冽,屋内热气腾腾。抑扬顿挫中,在座人似回盛唐,众人煮酒论诗,豪气浮升,笑颜盛开。

那天我才知道,晓君写诗,古体诗,新浪博客上访问量过百万。

一个爱诗歌的人,一个写古体诗的人,一个兵马俑故乡的陕西人,经商、做人还有什么说的。

一晚,我们喝酒,两个人喝了晓君带来的两瓶宁城老窖。等我醒来时,发现自己坐在喝酒的饭店背后马路牙子上,垂涎三尺。看手机,数个未接电话,全是晓君打的,才知,晓君以为我只是酒多而已,叫了一辆豪华专车,千叮咛万嘱咐司机将我一定送回家。估计司机看我是醉猫一个,半路放下我后远遁,我自己醒来,还在原地做梦。

电话中,我们哈哈大笑。北京大,喝酒的人多,但有个能让你喝酒超量的朋友,有个酒后还能牵挂你是否回家的朋友,真的不多。当时,我坐在马路牙子上,就想,这是不是一种诗歌的意境?如果晓君和我一样醉酒坐马路牙子,我会不会也赋诗一首?或者与他和诗一首?

生活没有诗意,只是没有遇见对的人而已。

有一天,我们几个朋友说,晓君,你出个诗集吧,这年头,商人很多,但商人里面写诗歌很好的不多;诗人很多,但诗人里面经商成功的不多。

晓君一拍大腿:就这么定了。出,就叫《商界诗人高晓君》!

哈,痛快!

鼓动他出诗集,我以为,不为其他,就为有一个榜样,就为有机会读他诗的人,看到在这个日渐薄情的社会里,依旧有人深情的活着;看到在这个许多人说世态炎凉时,依旧有人内心涌动着炙热;看到无趣的朝九晚五里,依旧有人能活出诗意。

诗难裹腹养心肺,酒不解渴润平生。

什么时候,亲爱的读者,找个时间,找个地方,我们,和高晓君一起,喝酒、作诗、朗诵,我们在热气腾腾的气息里,激扬彼此,温暖这个世界。此时,这个世界的尘嚣、生活的纷乱,都与我们遥远无比。我们会热烈无比,我们会内心平静无比。我们会在热腾腾的气息里,终于知道,此时,我们依旧没有老去,我们依旧风情万种,我们依旧摇曳多姿。

每一个人其实都是商人,只是,也希望,每一个人都能心存诗意,活成诗人。

阿弥陀佛。

2017年1月

目录

2009

咏志 / 观海	/1
江湖 / 江南春	/2
海边秋日,雨后初晴 / 雨中有感	/3
忆旧 / 誓言	/4
忆邓公 / 四十初度	/5
问天 / 状态 / 湖	/6
时光 / 读《废都》/ 忆岭南	/7
迷失 / 夜思 / 水珠	/8
祖国颂 / 论世	/9
论情 / 南粤秋日 / 松山湖	/10
中秋 / 晨起海边散步,与友论史	
无题	/11
晨思 / 松湖秋 / 中秋月	/12
秋夜登高 / 松湖赞 / 忆长安	/13
凤城早 / 深圳晨景 / 咏志(其二)	/14
赠友人 / 自叙 / 嬉戏	/15
秋天行 /	
广州至深圳途中回忆旧事,泪水如雨	
思乡曲	/16
斥庸人 / 驳谬论 / 听《梁祝》	/17
无题(其二)/ 致爱情 / 悼钱公	/18
无题(其三)/ 晚归 / 望星空	/19
冬夜登鼎湖山 / 雪中行	
南国初冬	/20
古龙峡漂流 / 夜宿无名岛	
西溪湿地	/21
珠江吟 / 咏关中 / 忆天山	/22
四哭 / 寄孙兄 / 无题(其四)	/23
宣言 / 悼吉鸿昌 / 偶望苍鹰	/24
燕子 / 昭陵神鹰 / 思祖母	/25
久阴遇晴 / 秦腔 /	
痛悼周恩来总理	/26

- 1 -

目录

2009—2010

无题（其五）/ 直言　　　　　　/27
寄语八〇后 / 忏悔 / 自警　　　　/28
关中风情 / 致爱人　　　　　　　/29
读史 / 宁夏行 /　　　　　　　　/30
晨起去广州，带客人前往松山湖
心声 / 广州风景 / 济南风景　　　/31
事理 / 艳阳天 / 感冒　　　　　　/32
回眸 / 世情 / 世态　　　　　　　/33
无缘 / 游五仙观 / 战国故事　　　/34
童年 / 不公 / 缸中鱼　　　　　　/35
执著 / 火山 / 圣诞夜　　　　　　/36
觉悟 / 莫言 / 绝望　　　　　　　/37
有言　　　　　　　　　　　　　/38

元旦 / 苦难 / 祈祷　　　　　　　/39
悼路遥 / 搏击 / 盘点　　　　　　/40

崩溃 / 莫言（其二）　　　　　　/41
思父亲 / 苦思 / 爱情真谛　　　　/42
困境 / 感动 / 雨后心怡　　　　　/43
故乡小院 / 痴情 / 梦回大唐　　　/44
北屯 / 戏剧人生　　　　　　　　/45
牵手 / 近事有感　　　　　　　　/46
传奇 / 三爷 / 北望　　　　　　　/47
似水流年 / 悼亡兄 / 赠心玉　　　/48
除夕 / 虎年至穗 / 无言　　　　　/49
无题（其六）/ 自嘲 / 幸福　　　/50
云游 / 四季 / 赴宴　　　　　　　/51
歌唱共产党 / 病虎
丙戌年京城遇沙尘暴　　　　　　/52
惊蛰 / 惊蛰（其二）/ 苦　　　　/53
忧患 / 英雄本色　　　　　　　　/54
流浪狗 / 凤城好 / 游顺峰山有感 /55

2010

阳春广州遭遇冷风 / 孔子	/56
清明赠粤诸友 /	
清明遥祭祖母 / 赌场	/57
困虎 / 夜梦	/58
咸阳 / 无题（其七）/ 戈壁	/59
地震 / 雨中，祈福湖畔散步 / 读史（其二）	/60
读史（其三）/ 悼玉树地震遇难者心语	/61
无题（其八）/ 塞外行 / 无题（其九）	/62
赠心玉（其二）/ 女人四十 / 五月	/63
笑谈 / 秦人 / 水	/64
长安 / 科技 / 无题（其十）	/65
俗语 / 听民乐 / 春夜	/66
松湖春 / 广州暴雨 / 望月	/67
企业家 / 赠心玉（其三）/ 知音	/68
夜眠 / 儒商 / 信仰	/69
赴宴（其二）/ 回首 / 三国	/70
幸福（其二）/ 回乡 / 寻春	/71
都市 / 都市（其二）/ 远行	/72
夏夜乘凉 / 情话 / 悯老	/73
秦川 / 惜时 / 池塘	/74
海上旅行 / 岭南夏日 / 论诗	/75
示儿 / 婴儿 / 无题（其十一）	/76
赠陈兄 / 赠何兄 / 侠客	/77
山村访友 / 山村 / 论诗（其二）	/78
猫 / 小城	/79
山村夏日 / 夜宿温泉 / 草原	/80
暑天 / 顺德美 / 刘备	/81
岭南水果 / 赠程兄 / 望远	/82
打猎 / 农民工 / 农民工（其二）	/83

目录

2010

台风 / 无题（其十二）	/84
命运 /	
庚寅夏日，四十二岁生日有感	/85
蜘蛛 / 昭陵八骏 / 昙花	/86
登拜将台 / 夏夜寄语 / 榕树	/87
芒果 / 致爱人（其二）/ 归隐	/88
两地情 / 夏天 / 秦都旧事	/89
天堂 / 寄心玉 / 悔	/90
秋夜 / 夏日暴雨 /	
近来商事渐顺，有感	/91
空中行 / 回忆旧事，即赴征途	/92
诗意生活 / 劝君 / 老狼	/93
四景 / 问君 / 人生百态	/94
寻常人家 /	
悼念毛泽东主席 / 岭南美	/95
悼念毛泽东主席（其二）	
客家人 / 财富歌	/96
爱情 / 爱情日记	/97
劝慰 / 独过中秋	/98
悲秋 / 遭遇车祸，幸受轻伤	
广州之恋	/99
示儿（其二）/ 秋剑 / 秋色赋	/100
奇人 / 亮剑 / 抒怀	/101
游灵隐寺 / 之后	/102
论读书 / 读明史 / 悟道	/103
暮秋咏怀 / 独咏 / 高人	/104
四年 / 群英谱 / 示儿（其三）	/105
无题（其十三）/ 人到中年 /	
男女有别	/106
道理 / 寒士 / 岭南初冬	/107
无题（其十四）/ 闺怨 / 无名花	/108
顺德赞 / 冬日登泰山，遥寄曾兄	/109

2011—2012

独行 / 黄昏 / 兔年春节 /110	出征 / 养性（三首）/ 读书有感 /123
兔年春节（其二）/ 春雨 /	东北行 / 告诉自己
春雨（其二） /111	无题（其十八） /124
春光美 / 偶然 / 春天行 /112	东北行（其二）/ 夜读 /125
春天抒怀 / 哭剑 / 出游 /113	情痴 / 水灾 /126
哭雨 / 论诗（其三）/ 半生 /114	无题（其十九）/ 夏思 / 东北夏 /127
登楼 / 无题（其十五）/	东北赞 / 登昭陵 / 悼亡弟 /128
九月九日忆京城诸友 /115	纠结 / 参禅 / 将军吟 /129
冬月十五 / 东北冬 /116	东北秋 / 赠孔方兄 / 送别 /130
	二赵治陕 / 出塞 / 出塞（其二）/131
无题（其十六）/ 春运 / 打坐 /117	冬日怀古 / 夜宴 / 出塞（其三）/132
小村 / 赏花 / 思乡 /118	出塞（其四）/
论交友 / 赠史兄 / 无题（其十七）/119	出塞（其五）/ 中国梦 /133
题圆玄道观 / 东北春 /120	
寄山东诸友 / 论诗（其四）/ 隐士 /121	出塞（其六）/ 论诗（其五）/
晋京 / 春天来了 / 春日有感 /122	冬日乘哈大高铁 /134

目录

2013—2014

出塞（其七）/ 无题（其二十）/
望月（其二） /135

塞外春 / 修行 / 悼亡弟（其二） /136

乘机 / 五一 / 学者 /137

代价 / 自哈尔滨寄南方诸友 / 游子吟 /138

便利 / 八喜 / 正能量 /139

牧童 / 赠邱兄 / 无题（其二十一） /140

公主 / 分手 / 自慰 /141

过墓园 / 美人 / 醉酒 /142

秋思 / 北京 / 伤秋 /143

出京 / 读书乐 / 使命 /144

责任 / 诚信 / 登望海楼 /145

教子 / 情分 / 认真 /146

马年说马 / 祈雪 / 在路上 /147

九嶷山抒情 / 甲午杂诗 / 自勉 /148

辞乡 / 出塞（其八）/
出塞（其九） /149

将军吟（其二）/
出塞（其十）/ 将军吟（其三） /150

励志 / 悯老（其二）/ 四难 /151

君子 / 义士 / 奋斗 /152

将军吟（其四）/
将军吟（其五）/ 伤春 /153

耕耘 / 天路 / 美酒 /154

醉酒（其二）/
醉酒（其三）/ 咏水 /155

胡杨 / 月下 / 漂泊 /156

回首（其二）/ 醉酒（其四）/
山水文园 /157

送友人 / 思友人 / 无奈 /158

归零 / 野草 / 思友人（其二） /159

2014—2015

七夕 / 夏日登昭陵 / 立秋　　　/160
赠俞周二弟 / 诵经 / 中年感言　/161
将军吟（其六）/
闻友人至京城不遇 / 八月行　　/162
寄丽卿 / 寄丽卿（其二）/
将军吟（其七）　　　　　　　/163
寄丽卿（其三）/ 乡愁 / 后事　/164
论诗（其六）/ 灵与肉 / 求爱　/165
出塞（其十一）/ 顿悟 /
悼亡弟（其三）　　　　　　　/166
将军吟（其八）/ 出塞（其十二）/
过山海关　　　　　　　　　　/167
站台 / 赠万兄 / 南京　　　　/168
天安门 / 出塞（其十三）/ 重庆 /169
东北情 / 醉酒（其五）/ 赠建锋兄 /170
孽缘 / 出塞（其十四）/

出塞（其十五）　　　　　　　/171
出塞（其十六）/
大东北 / 出塞（其十七）　　　/172
将军吟（其九）/
将军吟（其十）/ 赠含笑　　　/173
赠海虹 / 出塞（其十八）/
出塞（其十九）　　　　　　　/174
赠仲达 / 画像 / 出塞（其二十）/175
问答 / 大东北（其二）/ 老虎狗 /176
故人 / 贺姐夫　　　　　　　　/177

麦客 / 静思 / 崇拜　　　　　/178
年老 / 志向 / 出塞（其二十一）/179
两地情（其二）/ 包头 / 暗恋　/180
霍去病 / 苏武 / 寄同志　　　　/181
岳飞 / 故乡 / 出塞（其二十二）/182

目录

2015

兄弟 / 古城 / 天命 　　　　　　/183

泾河 / 寄晚辈 / 寄晚辈（其二）　/184

寄晚辈（其三）/ 寄晚辈（其四）/

悼路遥（其二）　　　　　　　　/185

出塞（其二十三）/

记忆 / 记忆1968　　　　　　　　/186

记忆1976 / 记忆1988　　　　　　/187

记忆1996 / 记忆1996（其二）　　/188

记忆1997 / 记忆2000　　　　　　/189

记忆2001 / 记忆2004　　　　　　/190

记忆2008 / 记忆2013 /

火山（其二）　　　　　　　　　/191

霍去病（其二）/ 自画 /

赠含笑（其二）　　　　　　　　/192

天津 / 母爱 / 情圣　　　　　　　/193

情圣（其二）/ 庞统 / 上海　　　 /194

真爱 / 呼兰 / 天下　　　　　　　/195

赠黎冰 / 出塞（其二十四）/

女人赞　　　　　　　　　　　　/196

冥想 / 出塞（其二十五）/ 堵车　/197

出塞（其二十六）/

出塞（其二十七）/ 百家　　　　 /198

哈尔滨 / 两难 / 天津（其二）　　/199

静心 / 将军吟（其十一）/

秦川（其二）　　　　　　　　　/200

匆匆 / 出塞（其二十八）/ 母亲　 /201

呐喊 / 忆祖母 / 家　　　　　　　/202

江山 / 惆怅 / 父亲　　　　　　　/203

缘分 / 天津（其三）/ 小人　　　 /204

小丑 / 伞 / 东北好　　　　　　　/205

生日有感 / 神话 / 先烈　　　　　/206

先烈（其二）/ 天津（其四）/

2015—2016

天津（其五） /207
天津（其六）/天津（其七）/
天津（其八） /208
戏剧人生（其二）/
忆岭南（其二）/国庆 /209
国庆（其二）/
国庆（其三）/重阳 /210
秋歌/双面人/齐家陕菜 /211
送毛兄/登华山/陶然亭 /212
读者/将军吟（其十二）/幻身 /213
出塞（其二十九）/出塞（其三十）/
出塞（其三十一） /214
半月/将军吟（其十三）/喜鹊 /215
誓师/师父/展望2016 /216
写诗/将军吟（其十四）/天津（其九） /217

忠告/山村访友（其二）/旅游 /218
敬畏/吃亏/将军吟（其十五） /219
将军吟（其十六）/
兄弟（其二）/虔诚 /220
贺姐夫（其二）/阳台/胸怀 /221
境界/眼光 /222
想海/思念 /223
如果/桥 /224
恶人/雨 /225
负心郎/摆擂 /226
命运（其二）/花草 /227
金岳霖/一样 /228
沉默/咏秋 /229
转变/与美卿/与美卿（其二） /230
与美卿（其三）/南湖 /231
北海/西山 /232

咏志

万里奔波何所求?
我辈志气在千秋。
艰难挫折寻常事,
指点江山亦风流。

2009.08.18

观海

路途迢迢,行色匆匆,不觉万里征程。
想当年廿岁少年,如今已白发染顶,恨岁月无情。
惜廉颇易老,韶华易逝,叹一事无成。
看南粤千里海滨,如在画中。

江山多娇,燃起万丈豪情。
五千年走过,曾何时,步履沉重。
百年耻辱,在心头,如波涛汹涌。
效汉武挥鞭,唐宗驱八骏奔腾,重现汉唐梦。
待中华崛起,民族复兴,一抔黄土,祭奠轩辕陵。

作于深圳大梅沙。
2009.08.19

江湖

笑容背后,是刀光剑影;灯红酒绿,掩不住血雨腥风。几多朋友反目成仇,紧握的双手,变成冰冷的面孔;几多恋人远涉重洋,昨日的誓言,化作阵阵冬风。

江湖从来多争斗,非要你死我活分胜负。人害人,害不死;天杀人,不用刀。得一时,失一时,看江水永滔滔。谁笑到最后,谁笑得最好。君不见豪宅名车拥美人,凄风苦雨沿街乞讨,也只一步之遥。我行我素我做人,任凭世人笑纷纷。善恶因果终有报,天理自昭昭。

2009.08.20

江南春

江南春天雨绵绵,回首往事如云烟。
酸甜苦辣都尝过,悲欢离合已淡然。
不如意事常八九,可与人言无二三。
最喜知己一相逢,青梅煮酒论英雄。

2009.08.21

海边秋日,雨后初晴

笑看世态多变幻,万千景象似云烟。
乌云遮日终有时,骤雨过后艳阳天。

2009.08.22

雨中有感

端午节前龙舟雨,榕树底下异乡人。
雨中荷花分外红,人在异乡不孤独。
鹰击长空云雨中,鱼翔雨中更自如。
雨久必有天晴日,雨后江山更迷人。

2009.08.23

忆旧

独坐帷幄思从前,横刀立马商战酣。
双脚踏遍二十省,单枪匹马整八年。
旧事仿佛在眼前,故友如今各四散。
宝刀不老欲出鞘,重出江湖起硝烟。
秋风袭过不怨叹,冬雪到来更傲寒。
天若有情天不老,人在旅途不孤单。
俯视江山千万里,仰望日月心胸宽。
秦皇汉武成往事,唐宗宋祖已从前。
故国代有英雄出,各领风骚数百年。
风流人物看今朝,中华崛起奠轩辕。

2009.08.24

誓言

一口唾沫一个钉,一言九鼎赢尊重。
宁为承诺苦自己,不可窝囊当狗熊!

2009.08.25

忆邓公

人生坎坷苦难多，三起三落又如何？
谁言中年万事休，耄耋之年仍能搏。
中南海里风云起，钓鱼台上雷电惊。
邓公灰撒白云间，化作甘霖润苍生。

深夜感念中国改革开放的开拓者、奠基人邓小平先生，并自勉。
2009.08.26

四十初度

南来北往十余年，东奔西走遍山川。
回首虚度四十岁，举目空对九嵕山。
姜尚八十守磻溪，刘邦四十一布衣。
夕阳照得青山红，丈夫言弃须阖棺！

注：九嵕山是陕西省礼泉县境内一座高山，唐太宗李世民陵墓——昭陵位居其巅。
2009.08.27

问天

问苍天，我何错？教我命运多坎坷。问苍天，谁是非？教英雄，总落泪。问苍天，亿万人，知己何处寻？问苍天，主沉浮，大任落谁肩头？问苍天，我神州，何日称雄地球？苍天无语。
但见青山失色，赤日无光，江河倒流，雷鸣电闪，一声霹雳：五十年后给你理由！

2009.08.28

状态

我的大脑死了，我的心在跳；
我的心死了，我还在思考。

2009.09.02

湖

天在下雨，我在流泪。
雨落在湖里，泪流在心里。

2009.09.03

时光

六十年前相识,我二十,你十八。
六十年后相遇,你眼花,我白发。

2009.09.04

读《废都》

生活在哪里,都是红尘里;
睡眠在哪里,都是黑夜里。

2009.09.06

忆岭南

登香山,望岭南,崇山峻岭泪点点。
珠江水碧梦里绕,荔枝芒果口中甜。
何日再回还?

2009.09.09

迷失

来到都市,我不知道去哪里;
回到故乡,我不知道故乡在哪里。

2009.09.09

夜思

秋雨绵绵路茫茫,独居寒室思断肠。
空床卧听窗外雨,泪水沾巾入梦乡。

2009.09.10

水珠

每个人,都是一滴水。
要想得到永生,除非在大海里。

2009.09.17

祖国颂

神州万里如画卷,浓墨重彩六十年。
四代伟人千秋功,十亿人民抒豪情。
巍巍长城展新姿,滔滔黄河换新颜。
北国壮美如昆仑,南国秀丽似黄山。
日出顿觉天地新,夜色璀璨月赞叹。
百年奋斗现盛世,六十华诞举国欢。
中华崛起祭炎陵,民族复兴告轩辕。

2009.09.18

论世

辛苦辗转大半生,四十出头两手空。
求田问舍非吾志,横刀立马我所梦。
冷眼旁观纨绔弟,心中暗笑狎妓翁。
严霜过后松柏青,丈夫须留千古名!

2009.09.18

论情

英雄岂无泪？豪杰本情种。
泪水随风去，情留追忆中。
人生本无常，缘分自天定。
聚散皆天意，何须太多情。

2009.09.21

南粤秋日

北国逢秋多寂寥，南粤秋日胜春朝。
绿树浓荫连千里，引得诗情到碧霄。

2009.09.22

松山湖

晨起独坐松湖边，晓风习习吹面寒。
遥望天际旭日升，兔走乌飞又一天。
髀肉复生心中悲，蹉跎岁月空慨叹。
丈夫未展平生志，任凭世人带笑看。

2009.09.22

中秋

风起又是一年秋,松山湖畔飘桂花。
青天长悬千年月,人间秋思在谁家?

2009.09.24

晨起海边散步,与友论史

旭日初升出海面,海鸟列阵飞在天。
古今兴亡多少事,与君万言空感叹。

2009.09.26

无题

秋雨淅沥秋风起,秋叶飘零秋水寒。
挥手望君宝马去,肝肠寸断泪满面。
车水马龙红尘飞,人潮之中倍孤单。
爱恨交织成一片,欲说还休默无言。

2009.09.28

晨思

人生百年不是梦,不喜美酒不嗜烟。
此生若无真情在,纵活百岁也枉然。

2009.09.30

松湖秋

松湖秋天花鲜艳,红黄白紫开灿烂。
蝴蝶纷飞花朵上,蜻蜓点水掠湖面。
仰望天空白云飘,遥看湖畔缕缕烟。
松湖秋天美如画,丈夫建功在盛年。

2009.10.03

中秋月

香港广州月皆圆,祖国处处不夜天。
万家灯火如繁星,火树银花似天宫。
游人如织香江暖,人潮汹涌白云山。
每逢中秋月恒圆,令人长忆唐长安。

2009.10.05

秋夜登高

仰望夜空星点点,俯瞰都市灯璀璨。
南粤秋天不见冷,气候宜人胜春天。

2009.10.07

松湖赞

五步不同景,十步景不同。
行走松山湖,如同在画中。

2009.10.08

忆长安

时光如白驹过隙,世事如白云苍狗。
翩翩少年郎,如今白头翁。
雄健如大汉,强盛如大唐,千年古帝京,如今成废都。

2009.10.10

凤城早

晓风吹拂顺峰山,一弯残月挂天边。
群鸟嬉戏百花苑,晨练翁媪自悠闲。

2009.10.11

深圳晨景

花红草碧天空蓝,行人匆匆为哪般?
谁说来往皆为利,共为祖国添瓦砖。

2009.10.12

咏志(其二)

千辛万苦不放弃,百折不挠勿言败。
江河一心奔大海,何患山高路弯弯。
人生坎坷路漫漫,披荆斩棘勇向前。
历尽苦难成正果,笑看黄昏霞满天。

2009.10.13

赠友人

一片丹心昭日月,两袖清风天地间。
伫立岸边欲渡海,浪声滔滔苦无船。
欲做快马奔关山,忧愁身上无鞍鞯。
鲤鱼已到龙门前,飞跃而过便冲天。

2009.10.15

自叙

自从降生骨头傲,一无所有亦堪豪。
黄金粪土白银灰,壮士志气比天高。

2009.10.16

嬉戏

不是冤家不聚首,不是猛龙不过江。
不到黄河心不死,不见棺材不落泪。
不识庐山真面目,不敢一步越雷池。
不到长城非好汉,不达目的不罢休。

2009.10.19

秋天行

筚路蓝缕谁知晓？徒叹苦累亦无聊。
精诚所至金石开，汗撒故土润花草。

2009.10.20

广州至深圳途中回忆旧事，泪水如雨

回首往事泪纷飞，人生短暂如春雷。
万事到头俱成空，一段传奇留后辈。

2009.10.21

思乡曲

我的故乡叫北屯，普普通通一小镇。
夜夜梦里去追寻，那里住着我双亲。

2009.10.22

斥庸人

不学无术实可悲,叶公好龙亦可哀。
上下求索寻真知,兴国还需栋梁材。

2009.10.27

驳谬论

凡事莫要论结果,人人结果升天国。
登山莫要急登顶,途中景色需看清。
绿茵场上零比零,场面精彩每分钟。
沸水需要慢慢烧,大器晚成耀史册。

2009.10.28

听《梁祝》

琴声凄切拨心弦,如泣如诉意缠绵。
梁祝一曲成绝唱,世间再无真情感。

2009.10.30

无题（其二）

患得患失夜不眠，喜怒无常亦堪怜。
脾气如同幼稚子，性格暴躁似火焰。
粘人婴儿未断奶，夜啼需将母乳衔。
总是小孩长不大，恋母到老也不变。

2009.10.31

致爱情

在这个信仰缺失的年代，你就是我的信仰。
当人人将神灵归于平凡时，我将你请上神坛。

2009.11.01

悼钱公

雪花纷飞，天人同悲。
中流砥柱，民族脊梁。

注：惊悉钱学森仙逝，涕泪交加，不胜悲伤。
2009.11.02

无题（其三）

一句问候结情缘，三年恩爱不一般。
默默无闻多付出，感天动地人称赞。
满怀爱心尽包容，一片真情重如山。
此生不愿再缠绵，惟愿此情到永远。

2009.11.03

晚归

迎着朝阳去，伴着夕阳回。
青春多短暂，人生如迅雷。

2009.11.04

望星空

仰望夜空星璀璨，茫茫宇宙真浩瀚。
人生纵然活百岁，短促如同流星闪。
张骞西行十余载，苏武牧羊北海边。
汉时明月今犹在，英杰美名千古传。

2009.11.05

冬夜登鼎湖山

觥筹交错非知己,灯红酒绿无真情。
管鲍情谊世罕有,千古知音更难求。
贫贱门前鞍马稀,富贵堂中客如云。
夜登峰顶独流涕,幸有红颜共冬风。

2009.11.05

雪中行

雨雪交加天气寒,夜色昏暗行路难。
紧裹外衣慢移步,忽忆岭南如春暖。

2009.11.09

南国初冬

冷雨冷风冷天气,冷言冷语人心寒。
一片赤心离故园,四面楚歌身孤单。
心系信仰不觉冷,胸怀理想似火焰。
祈盼天公更作冷,严冬过后是春天。

2009.11.09

古龙峡漂流

水流湍急水花溅,满谷惊叫响满天。
魂飞天外不觉险,疑从天上落人间。

2009.11.09

夜宿无名岛

月光如水照沙滩,海水荡漾望无边。
月下斯人独徘徊,一夜无眠思渺然。

2009.11.09

西溪湿地

草长莺飞百鸟鸣,溪水蜿蜒舟中行。
西溪傍晚无限好,仿佛世外桃源中。

2009.11.10

珠江吟

岭南风云珠江阔,立马驻足起战歌。
从今再无逍遥日,建功立业报家国。

2009.11.11

咏关中

吾父吾母生吾身,秦岭秦川记在心。
泾河渭河我血脉,雄汉盛唐铸我魂。
渭水岸边磻溪在,泾水河畔草木衰。
欲知千古兴亡事,夕阳西下问关中。

2009.11.12

忆天山

二十年前出乡关,单枪匹马上天山。
天池昨夜忽入梦,情不自禁泪如泉。

2009.11.13

四哭

霸王临终哭虞姬,三郎夜夜哭玉环。
梁生含泪哭英台,三桂掩面哭圆圆。

2009.11.15

寄孙兄

十三春秋弹指间,绝处存生恩如山。
每逢夜深忆往事,抚胸长叹泪涟涟。
共歌沧海一声笑,同唱滔滔两岸潮。
忆兄笑容在眼前,饮尽世间酒万千。

2009.11.16

无题(其四)

寒风萧萧初冬天,怒发冲冠为哪般?
鸡毛蒜皮尽小事,不顺心时反复念。
纠缠往昔有何益?无私付出难计算。
常思天高地厚恩,不负痴心发誓言。

2009.11.17

宣言

我们是传经者,我们是布道士。
我们是苦行僧,我们是满怀理想的先驱。

2009.11.17

悼吉鸿昌

一句恨不抗日死,如同晴空响霹雳。
二句留作今日羞,长教英雄泪满流。
三句国破尚如此,读罢捶胸又顿足。
四句我何惜此头,赤胆忠心耀神州。

2009.11.17

偶望苍鹰

云愁雾惨天色暗,冷风飕飕心黯然。
苍鹰一声冲天去,倏忽而过似闪电。

2009.11.18

燕子

南飞到潇湘,北归回咸阳。
燕子翩翩飞,人生梦一场。

2009.11.20

昭陵神鹰

北风怒号雪纷飞,树木萧瑟穿旻悲。
神鹰屹立枯枝上,纹丝不动任风吹。
双目微闭如雕塑,两爪握枝似铁钩。
忽然一声呼啸去,天地茫茫不见踪。

2009.11.20

思祖母

祖母有个搪瓷锅,里面装满我吃伙。
八年之前仙逝后,再也无人疼爱我。

2009.11.21

久阴遇晴

阳光灿烂天湛蓝，和煦暖风轻拂面。
褪尽冬衣换春装，更有风筝手中牵。

2009.11.21

秦腔

秦腔悠长又悲凉，秦人用心吼秦腔。
游子一听锣鼓响，如回秦川泪两行。

2009.11.22

痛悼周恩来总理

巨星陨落天地间，痛绝三十三年前。
十里长街送总理，百万民众聚如山。
鞠躬尽瘁呕心血，心底无私感宇寰。
音容笑貌宛若在，喜看神州换新颜。

2009.11.24

无题（其五）

雾霭沉沉不见路，心事重重难自禁。
雾中迷路摸索走，心事难解觅知音。
摸索行路须费力，知音不解更伤心。
雾散云开花更红，天下谁人不识君。

2009.11.26

直言

都是我不好，你又有何错？每次起争吵，都是你容我。
瞬间发脾气，转身燃怒火。情绪不自控，从不计后果。
有心去改正，一错复再错。人已过中年，性格宜温和。
有心做大事，心胸应开阔。自从今日后，能否塑新我？
努力做事业，时光不再多。半生坎坷路，咬牙已走过。
大器终晚成，不惧天砺磨。痴心永不变，笑看日出落。
百川东归海，四十该不惑。烈火见真金，逆境显本色。
留此七尺躯，建功报家国。千秋万代后，英名昭日月。

2009.11.26

寄语八〇后

八〇年后美少年，正值年少风华展。
从小就得父母宠，在家如地又似天。
生活优裕条件好，良好教育素质高。
但得长成栋梁材，还须试玉猛火烧。

2009.11.27

忏悔

每忆往昔之过错，冷水浇身用力搓。
涤瑕荡垢反复冲，洗尽过去之罪过。

2009.11.28

自警

昨夜忽然妖雾起，遮星掩月人窒息。
炼就一双火眼睛，魑魅魍魉尽显形。

2009.11.30

关中风情

晨起一碗羊肉泡,中午两碗手擀面。
晚餐三个肉夹馍,夜深烤肉更飘香。
初一一出眉户戏,初十一听碗碗腔。
十五一品弦板腔,荡气回肠数秦腔。

2009.12.01

致爱人

日出了,苍鹰振翅高飞。
叶落了,大雁列队南归。
黄昏了,小鸟伸头盼母归。
人倦了,爱人让你轻轻依偎。

2009.12.02

读史

椎心泣血哭孔明，抚胸顿足痛岳飞。
英雄逝后草木悲，教人如何不泪垂。

2009.12.03

宁夏行

六盘山下雪成堆，贺兰山上朔风吹。
春来黄河两岸绿，秋到草原牛羊肥。
红黄蓝白黑五宝，酸甜苦辣咸五味。
天下黄河富宁夏，塞上江南更秀美。

2009.12.04

晨起去广州，带客人前往松山湖

披星戴月晓风寒，夜不能寐少睡眠。
黎明即起奔波苦，车轮如飞泪潸潸。
半生坎坷青春去，激情似火从未变。
一轮红日破云出，风和日丽又一天。

2009.12.05

心声

下雨了,我给你撑起雨伞。
天冷了,我轻轻拥你入怀。
你就是我的天,我的地。
我的存在因为有你才有意义。

2009.12.07

广州风景

高楼鳞次栉比,车流蜗行牛步。
行人匆匆忙忙,商品琳琅满目。
珠江水流潺湲,白云山高入云。
更有海心耸立,登顶可摘星辰。

2009.12.08

济南风景

千佛山下泉城美,趵突泉边柳色新。
大明湖畔荷花红,花间朗朗读书声。

2009.12.09

事理

瓜儿强扭不会甜，人事勉强徒枉然。
太阳东升月西坠，人间正道法自然。

2009.12.10

艳阳天

冬天太阳真可爱，矮几老翁玩纸牌。
鸭鹅悠闲戏水上，情侣草坪日光晒。
幼童口吹七彩泡，白发老太把天聊。
小伙自在吹口哨，姑娘衣裙随风飘。

2009.12.11

感冒

灰霾不见天，浓雾阻视线。
鼻塞不通气，头痛不堪言。

2009.12.14

回眸

二〇〇九不平凡，喜忧参半这一年。
多姿多彩是情感，多忧多虑事业艰。
一片真心感动天，星火遍地待燎原。
半生苦心从未改，宝剑出鞘寒光闪。

2009.12.14

世情

恶搞浅薄充影坛，古装艳事荧屏上。
猎奇八卦满报刊，舆论随风无导向。
豪宅名车梦中想，更盼夜夜当新郎。
责任荣誉抛天外，不谈理想谈欲望。

2009.12.15

世态

汽车无非一堆铁，楼高千丈亦水泥。
时人只为两件事，用尽一生心和力。

2009.12.16

无缘

水中捞月诚可笑,海市蜃楼一场空。
男女若无缘分在,梦幻最终成泡影。

2009.12.16

游五仙观

声嘶力竭拼命喊,白云山高默无言。
萧萧冬风阵阵起,伫立寒风泪满面。
城市纷扰无闲地,五仙观中有洞天。
莫言冬天尽萧条,梅花纷呈争斗艳。

2009.12.18

战国故事

苏秦刺骨佩相印,孙膑酷刑传兵法。
范雎受辱终得报,孤傲嬴政统天下。

2009.12.19

童年

一个鸡蛋过生日,三粒糖精比蜜甜。
书包母亲粗布做,早餐一只冷馒头。
全镇一台电视机,家中宝贝收音机。
放学背筐割猪草,被窝翻看连环画。

2009.12.20

不公

人生天地间,命运各不同。
有人吃大餐,有人喝冬风。

2009.12.20

缸中鱼

鱼儿时时不离水,鱼儿离水不得活。
谁说鱼儿多快乐,眼泪和水看不着。
摇头摆尾缸中游,游到头来一命休。
本可自在溪中游,无奈困在缸里头。

2009.12.23

执著

一滴一滴水穿石,一针一线织成网。
一步一步走四方,一天一天为理想。
一页一页读红楼,一口一口咽悲伤。
一注深情永难忘,一生一世爱一场。

2009.12.23

火山

这是一座死活山,没有喷发一万年。
暗流涌动山下面,明年就见火连天。

2009.12.24

圣诞夜

圣诞夜晚雪飘飘,纷纷扬扬满树梢。
路上积雪一尺厚,孤苦行人多寂寥。
玻璃窗内热气腾,圣诞老人慈祥笑。
情侣面前多佳肴,欢声笑语响通宵。

2009.12.26

觉悟

天上下雨地下滑，自己跌倒自己爬。
妄想依靠他人助，徒惹别人笑哈哈。
自尊自强复自律，莫把幻想寄他人。
莫愁世上无知己，天下谁人不识君。

2009.12.28

莫言

莫言屈尊换真情，莫言痴心人知晓。
冬天夜晚望明月，我和明月相对笑。

2009.12.28

绝望

一颗石子镜框碎，一盆水覆永难收。
悬崖绝壁高千尺，纵使有心难回头。

2009.12.28

有言

天空冬雨寒，心中似火焰。石烂海枯干，爱你一万年。
不管天多冷，相依倍温暖。不管雨多大，我为你撑伞。
牵手共人生，相携度余年。百年不觉久，弹指一挥间。
惟爱能永恒，惟情能久远。记你在心头，梦你在夜晚。
愿你永快乐，祝你永康健。明年秋天日，带你去草原。
后年花开时，带你去四川。再后有条件，欧洲去浪漫。
金达莱盛开，带你去朝鲜。日本海风吹，樱花开鲜艳。
自由女神在，多彩美利坚。非洲看动物，澳洲乘帆船。
海底去潜水，空中练跳伞。快马猛加鞭，滑雪数九天。
月下咏唐诗，晚霞多灿烂。早起弄花草，晚归戏爱犬。
慈爱待晚辈，尽孝亲床前。一起阅报纸，一起看大片。
偶尔斗斗嘴，时常叙叙闲。一起踩单车，一起划小船。
你替我做饭，我帮你刷碗。你要煮鸡鸭，我来剥葱蒜。
我知你怕冷，我知你畏寒。知你爱柑橘，知你喜榴莲。
不吃猕猴桃，不食火龙果。汉堡要鸡堡，奶油惹你厌。
你恨人虚伪，你怒人欺骗。纯洁如白纸，刚烈似火焰。
懂你莫如我，疼你世所罕。有你在身边，幸福又美满。

2009.12.29

元旦

今年春来早,彩旗迎风飘。
秋天看果实,趁早多辛劳。

2010.01.01

苦难

乌市严冬受冰冻,兰州街头立寒风。
北京站外挨过饿,广州袋内两元铜。
童年未曾见玩具,年少见多是白眼。
历尽苦难志不改,愿把欢笑留人间。

2010.01.02

祈祷

一祈自己康健,二祈亲人平安。
三祈事业发达,四祈理想实现。
五祈风调雨顺,六祈河清海晏。
七祈天降人才,八祈锦绣江山。
九祈感情永远,十祈国泰民安。

2010.01.05

悼路遥

农民作家写农民,字字句句感情深。
如今再无真作家,止谈风月乱呻吟。

2010.01.05

搏击

急急匆匆脚生风,冬日天寒不觉冷。
汗水淋漓衣湿透,头顶无发热气腾。
事未忙完天色黑,功业未建双泪垂。
从来未改平生志,天道酬勤以命拼。

2010.01.06

盘点

八年时间在农村,面朝黄土度光阴。
大病三年幸痊愈,人生不见三秋春。
三年赋闲在羊城,无所事事一闲人。
十四年头不做事,何不空身入山林。

2010.01.07

崩溃

我的理想破灭了,我的世界粉碎了。
我的灵魂出窍了,我的爱情结束了。

2010.01.08

莫言(其二)

莫言人间无真情,一年四季尽春风。
莫言人际尽利用,慈母育儿乃天性。
莫言人人戴面具,世人大多真面孔。
莫言付出无回报,春种秋收果实丰。
莫言世人俱懦夫,放眼岂无真英雄?
莫言人心是沙漠,艰难求生情意重。
莫言前途多艰险,请看建国之历程。

2010.01.08

思父亲

晨起赶集晚收工，一年四季不歇停。
今年七十已高寿，依然辛苦餐北风。

2010.01.09

苦思

耳听窗外风呼啸，辗转反侧夜不眠。
回首往事细盘点，半生虚度人汗颜。
阴雨连绵已数天，困境重重近两年。
历尽沧桑不放弃，苦思妙策渡难关。

2010.01.12

爱情真谛

真心真意真情感，黄金白银也不换。
欲做大鸟护幼雏，爱到深处尽奉献。

2010.01.12

困境

无可奈何陷深潭,呼天呼地呼祖先。
救命稻草今何在?跃身而出天地宽。

2010.01.13

感动

一杯热水暖人心,几句问候如春临。
久驻困境人脆弱,强忍泪水话奎屯。
寒风呼啸冷气侵,与君对坐倍温馨。
说起玉门关外事,一别已是十秋春。

2010.01.14

雨后心怡

暖风吹去数日寒,又见阳光照心间。
绵绵冬雨终停住,乌云散尽见青天。

2010.01.15

故乡小院

春来榴枝发新芽,夏天满院石榴花。
秋收石榴挂枝头,冬日麻雀声啾啾。

2010.01.16

痴情

你喜即我喜,你忧即我忧。
你若皱眉头,我便双泪流。

2010.01.17

梦回大唐

昨夜忽梦回大唐,街道拥挤人熙攘。
道不拾遗皆君子,夜不闭户心安详。
吏治清明君臣亲,人才辈出定国邦。
诗歌璀璨如繁星,国家兴旺世无双。

2010.01.18

北屯

头枕唐昭陵,脚蹬长安城。
泾水东边绕,西行到陇东。
先祖辞家行,成都又重庆。
经商济家邦,乃孙有遗风。

2010.01.20

戏剧人生

人生就是一出戏,每天上演在各地。
人人都可当主角,悲喜结局总相似。
喑呜叱咤扮英雄,痛哭流涕演情种。
悲欢离合是剧情,撒手西去戏剧终。

2010.01.21

牵手

古都长安手相牵,芙蓉苑内几流连。
北京牵手颐和园,轻轻扶你上小船。
杭州牵手西湖边,映日荷花多鲜艳。
香港牵手看焰火,火树银花不夜天。

2010.01.22

近事有感

海纳百川有容大,波澜不惊古井深。
茫茫天宇无限大,苍鹰一去寂无痕。
松柏不语万年青,桃李不言自成蹊。
半生风雨四十秋,恍然宛若在梦里。

2010.01.27

传奇

未识璧玉失双腿,苏秦初归无饭食。
李斯仕秦多艰辛,覆水难收朱买臣。
秦琼落难卖黄骠,杨志窘迫卖宝刀。
托钵行乞朱皇上,驿站小卒李闯王。

2010.01.29

三爷

天山归来爷升天,秋雨连绵秋叶残。
三爷爱我疼我儿,去到天宫成神仙。

2010.01.31

北望

鹅毛大雪纷纷下,北望长安不见家。
回首往事双泪洒,从此我家在天涯。

2010.02.01

似水流年

如水逝去嘉年华,南北驱驰无闲暇。
屈指细数忽四十,对镜悲叹见白发。
曾乘铁龙至昆仑,几坐银鹰到九霄。
十年磨剑锋似雪,寒光四射风怒号。

2010.02.02

悼亡兄

一别阴阳两相隔,弟在人世兄天国。
冬夜漫长弟思兄,依然潇洒一小伙。

2010.02.04

赠心玉

君生珠江畔,我生关中道。
恨不生一处,从小与君好。

2010.02.05

除夕

天空中,有一万颗星星。
高楼里,有一万盏明灯。
一万盏明灯,照着一万个家庭。
一万个家庭,有一万个笑声。
一万个笑声,有一万种欢乐。
一万种欢乐,在新年,共唱同一首歌。

2010.02.08

虎年至穗

辞别秦川到岭南,忽从严冬入春天。
南粤大地春来早,花城处处展笑颜。

2010.02.19

无言

汪洋之中一小船,半生飘零没靠岸。
问君何不息风帆,欲说还休泪满面。

2010.02.23

无题（其六）

冬天不病病春天，百花盛开倒春寒。
病在君身疼我心，坐卧不宁心绪乱。
此生君若有长短，我随君去不苟残。
双手合十苦祈盼，盼君早日得康健。

2010.02.23

自嘲

糊里糊涂前半生，浑浑噩噩一场梦。
误把丑石当美玉，到头砸了脚趾头。

2010.02.23

幸福

幸福原来很简单，粗茶淡饭亦香甜。
柴米油盐家常事，举手投足见爱怜。

2010.02.23

云游

古时宦游人,今日商旅客。
背井离乡去,不见故国月。

2010.02.26

四季

春天属于儿童,夏天属于姑娘。
秋天果实满仓,冬天孕育希望。

2010.02.27

赴宴

仰望天宇宽,俯瞰众山小。
名流款款过,轻轻付一笑。

2010.03.04

歌唱共产党

一唱共产党，国家得解放。穷苦人翻身，分田又分粮。
二唱共产党，改革又开放。亿万中国人，从此始富强。
三唱共产党，统一我国邦。港澳已回归，两岸终齐唱。
四唱共产党，和谐社会倡。共同享富裕，城乡都一样。
五唱共产党，又怀新理想。幸福有尊严，中国人最棒！

2010.03.04

病虎

病虎卧残阳，寂寞又凄凉。
忆昔健壮时，一啸百兽惶。

2010.03.05

丙戌年京城遇沙尘暴

昨夜京城遍黄沙，昏天暗地不见家。
沙尘如雪盖京华，满城尽带黄金甲。

2010.03.06

惊蛰

春雷一声龙蛇动,冰封大地渐消融。
蚯蚓松土熊出洞,农夫忙碌不歇停。
身陷困境人麻木,雷声贯耳心震惊。
穿靴束腰戴斗笠,丈夫佩剑到凤城。

2010.03.07

惊蛰(其二)

春雷轰隆惊卧龙,翻身起坐望苍穹。
狂风四起乌云涌,春雨骤降洗落红。
悬梁刺股读韬略,隆中对策藏在胸。
帷幄之中决千里,一统天下胜孔明。

2010.03.09

苦

欲说我无言,欲哭我无泪。
欲食口无味,欲眠不能寐。

2010.03.11

忧患

大师无风范，学者无傲骨。为官无尊严，为师多杂念。
天使不纯洁，艺人只捞钱。环境被污染，花朵被摧残。
做人无道德，做事无底线。不再谈理想，不再讲奉献。
老实人受欺，善良人被骗。拜金风劲吹，腐败病弥漫。
心中无信仰，一切可交换。怀疑圣贤士，亵渎真情感。
香臭不能分，善恶不能辨。聊天皆八卦，口头尽谎言。
经商不诚信，求学谋饭碗。没有责任心，没有使命感。
缺乏感恩心，遇事不承担。头脑无智慧，只赚血汗钱。
没有大飞机，没有航母舰。国家要振兴，苦把内功练。
民族要崛起，眼光放长远。教育须重视，民生记心间。
培养创造力，重塑荣誉感。每思国家事，夙夜起忧叹。

2010.03.12

英雄本色

永不放弃意志坚，永不言败对人生。
宠辱不惊看得失，从容淡定待功名。
能屈能伸大丈夫，重情重义真英雄。
纵使处境多艰难，依然负重向前行。

2010.03.14

流浪狗

一只流浪狗,街边四处走。
浑身脏兮兮,受冻在发抖。
回忆得宠时,食住锦玉楼。
主人倍呵护,摇尾度日头。

2010.03.18

凤城好

凤城好,风景如画面。
一年四季花烂漫,民风淳朴少巧言。
长笑顺峰山。

2010.03.22

游顺峰山有感

辞京抵穗近四年,凄风苦雨不堪言。
左冲右突心力瘁,身陷重围噩梦连。
春雷阵阵惊猛虎,飞身直上顺峰山。
长啸一声群鸟飞,叫声四起遮云天。

2010.03.25

阳春广州遭遇冷风

白日还是艳阳天,夜晚突然倒春寒。
晨起夏装换冬衣,落叶满地似秋天。
人生何尝不如此,起落浮沉多变幻。
灰霾岂能遮红日,罡风一吹见青天。

2010.03.25

孔子

生不逢时遭战乱,颠沛流离亦枉然。
欲行仁义救天下,称霸只论兵车剑。
幸有弟子跪床前,一部论语天下传。
儒家精神中华魂,民族复兴需重研。

2010.03.25

清明赠粤诸友

十年磨剑十年功,霜刃未试意踌躇。
人未老,鬓先疏,凝视剑刃锈斑迹。
清明时节雨又风,欲执宝剑削不平。
一腔热血报知己,宝剑出鞘必屠龙。

2010.04.02

清明遥祭祖母

清明时节雨中行,遥望关中草青青。
祖母坟前花开遍,纸钱化灰飘天空。

2010.04.05

赌场

未进赌场气昂昂,离开多数输精光。
人人自认运气好,到头掏钱去捧场。
莫把人生当赌场,勤能补拙是良方。
若把人生当赌场,功名富贵梦一场。

2010.04.05

困虎

何人系铃虎颈上？叮叮当当响四方。
群鸟闻之遮天飞，百兽听到惊逃光。
日不能食夜不眠，日日夜夜不安然。
精疲力尽卧深洞，忽有仙女到洞中。
轻抚毛皮心安静，慢喂美食情绪宁。
恍恍惚惚入美梦，仙女轻解颈上铃。
抖擞精神出深洞，长啸一声风云惊。
滂沱大雨从天降，雨后突见七彩虹。

2010.04.07

夜梦

耳听窗外雷声鸣，惊见蛟龙落水中。
须臾舞动飞腾去，电闪如昼雨如倾。

2010.04.07

咸阳

北依九嵕山,南傍渭河水。
东临长安城,西去到茂陵。
秦汉明月在,周唐墓冢空。
昭陵风萧萧,乾陵草青青。

2010.04.09

无题(其七)

夜夜梦见君泪眼,红红肿肿涌如泉。
心神不安立窗前,坐卧不宁步花间。
屡陷泥潭性格变,频遭变故心绪乱。
幸遇贵人伸手助,急将喜讯短信传。

2010.04.11

戈壁

浅睡三日无飞鸟,车行千里不见绿。
一条铁龙疾驰过,数声汽笛穿空响。
张骞负命背明月,玄奘求法走流沙。
千年戈壁今如旧,欲上昆仑何辞远。

2010.04.13

地震

天崩地裂万物毁,山塌海啸众生亡。
都市瞬间变废墟,房屋转眼成瓦砾。
家破无奈露天宿,人亡骨肉隔阴阳。
天界神明皆何在?不发慈悲悯苍生。

2010.04.15

雨中,祈福湖畔散步

人在雨中走,鱼在水中游。
浓雾锁前途,乌云遮日头。

2010.04.17

读史(其二)

屈原投身汨罗江,岳飞屈死风波亭。
鞠躬尽瘁孔明逝,功成身退陶朱公。

2010.04.20

读史（其三）

欺世盗名冬日雪，谎言蒙蔽阴天云。
公道自古在人心，是非千年有定论。

2010.04.20

悼玉树地震遇难者

春雨连绵天落泪，红旗半降举国哀。
哀乐阵阵人肃立，汽笛声声悼亡魂。
绿叶红花露珠浓，玉树碧水泣无声。
祈祷亡灵安心去，江河源头风悲鸣。

2010.04.21

心语

骤雨初停风轻盈，红日未出鸟齐鸣。
忠贞不渝如磐石，海誓山盟不负卿。

2010.04.23

无题（其八）

创业方知世事艰，举步才懂行路难。
事不遂心少抱怨，不离不弃手相牵。
竭力尽心相扶持，风雨同舟共患难。
柳暗花明春色美，笑看人间四月天。

2010.04.24

塞外行

昆仑山巅观旭日，玉门关外看斜阳。
北风劲吹沙飞舞，铁龙疾驰人惆怅。
风华正茂出乡关，沧桑满面到边疆。
韶光流逝如走兽，壮心依旧欲射狼。

2010.04.25

无题（其九）

吾欲爱卿却害卿，谷雨时节吹冷风。
彻夜难眠头欲裂，三日不食心剧痛。
爱君深入到骨中，春雨不比醋意浓。
昏天暗地雨如豆，云层上头日正红。

2010.04.28

赠心玉（其二）

高贵如黄金，温润如碧玉。
清水出芙蓉，映日荷花红。

2010.04.29

女人四十

女人四十好年华，成熟优雅胜十八。
温润宁静中秋月，风情万种海棠花。
携女逛街如姐妹，善解人意似浓茶。
永不凋谢红玫瑰，万花丛中只爱她。

2010.04.30

五月

大江南北千水绿，长城内外万山红。
春风拂面马蹄疾，看尽人间好风景。

2010.05.03

笑谈

吾堕地时满屋红,爷爷笑称宋祖生。
至今未曾去汴京,双手空垂对春风。

2010.05.04

秦人

怒吼一曲十里闻,喷嚏两声四座惊。
雄才大略如嬴政,赤胆忠心赛关公。
景山顶上亡崇祯,兵谏亭内捉中正。
万古桥山松柏青,千年帝都春意浓。

2010.05.06

水

或为小溪或为江,或为雪花或为霜。
或为冰冻三尺厚,或为云彩九天上。
或者清澈直可饮,或者剧毒鱼虾亡。
或者柔情比蜜甜,或者无情绝人寰。
或者圆圆如明月,或者方方如棋盘。
形无常态随心变,滴水穿石不间断。

2010.05.07

长安

秦砖汉瓦筑宫阙,晨钟暮鼓声不绝。
雁塔顶入白云间,俯瞰帝都如棋盘。
骊山五月花开遍,华清池水如玉暖。
叙说不尽盛唐事,且付后人作笑谈。

2010.05.09

科技

卫星胜过千里眼,地上万物俱看穿。
手机如同顺风耳,轻拨键盘声自见。
拔毛变猴不足奇,克隆技术来实现。
高铁疾驰赛良马,一日飞度万重山。

2010.05.11

无题(其十)

一思君容泪满面,二呼乳名泪如泉。
三更为君不能眠,四更即起望云烟。
五月天里花开遍,六神无主为君烦。
七上八下心不安,九泉之下仍挂牵。

2010.05.12

俗语

知人知面不知心,知江知海不知深。
世事洞明皆学问,人情练达即美文。

2010.05.14

听民乐

笛声袅袅似莺啼,二胡声声如抽泣。
琵琶一曲落急雨,鼓乐阵阵红云起。

2010.05.15

春夜

风吹云散明月光,繁星万点映珠江。
情人相依榕树下,街灯如龙大桥上。
伶俜独居十余载,光阴荏苒鬓发苍。
落英缤纷珠江水,青春不再泪两行。

2010.05.17

松湖春

松山湖畔柳色新,烟雨蒙蒙少游人。
几叶小舟湖水上,数声长笛耳边闻。
野鸭悠然戏水面,人在舟中论古今。
忽忘己身在何处,始知春色能醉人。

2010.05.19

广州暴雨

立交桥下变湖泊,学府门口成汪洋。
车如潜艇沉水底,蔬菜瓜果浮水上。
虽云暴雨百年遇,岂无人祸助纣王?
未雨绸缪有眼光,不让恶龙再猖狂。

2010.05.20

望月

凭栏望明月,俯首思故乡。
秦川千里外,明月这般亮?

2010.05.22

企业家

餐风饮露奔波苦,披星戴月创业难。
濒临绝境去卖血,负债如山欲跳楼。
双肩担起富民梦,满腔尽怀报国心。
中华崛起巨龙飞,我辈皆为舞龙人。

2010.05.24

赠心玉(其三)

敬老爱幼心慈祥,怜花惜草真善良。
心中拥有十分爱,更拿九分给情郎。
一片真心待朋友,扶危济困热心肠。
卿所付出吾尽知,恨不伸手相扶帮。

2010.05.25

知音

高山流水觅知音,明月清风闻瑶琴。
破琴绝弦伯牙悲,只缘子期出凡尘。

2010.05.27

夜眠

空床好似一孤舟,茫茫宇宙任遨游。
明月繁星长相伴,忘却人间万般愁。

2010.05.28

儒商

行事低调不张扬,闲暇独自在书房。
胸怀富民强国志,身为民族复兴忙。
肩负使命度日月,誓将国货销列强。
亿万钱财终散尽,满面微笑对斜阳。

2010.05.28

信仰

清真寺内念真主,基督教堂祷耶稣。
楼观台上求老子,灵隐寺里拜佛祖。
黄帝陵前祭祖先,曲阜孔庙奠先贤。
信仰缺失世道乱,学堂频频现血案。
花样年华坠楼亡,可叹工厂成墓园。

2010.05.29

赴宴（其二）

金碧辉煌龙凤厅，欢声笑语新婚宴。
雨大如豆嫁爱女，花车鱼贯迎佳人。
宴席丰盛客临门，觥筹交错满屋春。
曲终宴罢人去尽，雨住云散月一轮。

2010.05.30

回首

二十二年喜与悲，四十岁后才知味。
欣喜犬子已长大，悲伤事挫发空白。
艰难坎坷方信命，成败荣辱已无谓。
云淡风轻度余生，羞去昭陵祭唐碑。

2010.05.31

三国

曹操雄才有大略，孙权江东地肥沃。
刘备宽厚人心和，郭嘉才高命偏薄。
关公忠义张飞猛，司马大智若愚拙。
五丈原上将星落，不再翻书看三国。

2010.06.01

幸福（其二）

一日三餐胃口好，每到夜晚梦香甜。
心中有人常挂牵，笑容天天在嘴边。

2010.06.02

回乡

十年离乡时光多，家乡新词不会说。
站立街头忆旧事，来往行人颇疑惑。

2010.06.02

寻春

春天脚步太匆匆，四处寻觅无芳踪。
宝林寺里百花开，方知躲入山寺中。

2010.06.04

都市

巨龙南北穿梭行,银鹰东西击长空。
地铁奔驰高楼下,路上车流如潮涌。
肩挎手提包沉重,上班下班急匆匆。
开口闭口皆称忙,只闻铜钱叮当声。

2010.06.07

都市(其二)

大小酒楼灯火明,一片谈话说笑声。
舞厅人影俱扭曲,烛光朦胧咖啡厅。
彩灯变幻不见月,霓虹灯亮不见星。
步行街上人潮涌,尽览太平盛世景。

2010.06.07

远行

车窗雨水如蚯蚓,车行雨中如游轮。
永辞长安不回首,何处黄土不埋人?

2010.06.08

夏夜乘凉

时光倒转回童年,夏夜闷热不堪言。
竹席躺椅搬门前,爷爷奶奶手摇扇。
儿童望月数星星,大人细听水浒传。
爷爷奶奶都归天,如今我亦两鬓斑。

2010.06.08

情话

你是风儿我是沙,沙随风起到天涯。
你是溪水我是花,花落溪中出山崖。
你是月亮我是星,星星伴月照万家。
你是风筝我是线,时时把你来牵挂。

2010.06.09

悯老

生儿就盼儿长大,儿长大后不在家。
白发苍苍两老人,但闻麻雀叽喳喳。

2010.06.11

秦川

秦川六月小麦黄,遍地收割机欢唱。
割罢小麦播玉米,夏粮归仓盼秋粮。
西瓜剖开红沙瓤,御杏熟透赛蜜糖。
村旁空地一场戏,锣鼓铿锵回大唐。

2010.06.12

惜时

流光容易把人抛,红颜弹指间变老。
江水逝去不可回,芳菲谢去不可追。

2010.06.13

池塘

池塘旁边古柳新,村妇捣衣声远闻。
群鸭列队戏水上,常来常熟不怕人。

2010.06.14

海上旅行

风平浪静水接天,月明星稀凭栏杆。
偶有小鱼出水面,时飘咸味入鼻管。
故国远在万里外,翘首明月在眼前。
茫茫大海真浩瀚,人在海上倍孤单。

2010.06.16

岭南夏日

天天有雨水,时时不离伞。
六月不见热,凉爽似秋天。
荔枝啖五颗,西瓜切两半。
雨后清风起,漫步珠江岸。

2010.06.17

论诗

作诗若无真情感,文笔华丽亦枉然。
劝君莫要弄辞藻,重读唐诗三百篇。

2010.06.18

示儿

人生最重是人品，做事之前先做人。
与人相处学吃亏，正直善良有爱心。
专长立身之根本，博览群书精一门。
读诗学画勤修身，脚踏实地性沉稳。

2010.06.18

婴儿

婴儿眼神最纯真，宁静夜空月一轮。
婴儿笑容最可人，清清甜甜出内心。
婴儿气质最高贵，好似泉水未染尘。
婴儿无知亦无畏，政要怀中便一身。

2010.06.18

无题（其十一）

既为知己又知音，知我懂我惟一人。
千言万语与君诉，遇君方知有真心。
诗即作成先示君，事有周折与君闻。
此生幸得君芳心，昼夜相思报君恩。

2010.06.20

赠陈兄

艰苦创业二十年，纵横驰骋万重山。
横刀立马拒洋货，冲击波响震宇寰。
兄长家庭令人羡，温馨和睦儿女全。
难忘兄府观焰火，玉树银花不夜天。

2010.06.21

赠何兄

丈夫佩剑到东莞，建功立业美名传。
卧薪尝胆再十年，泰山顶上重论剑。

2010.06.21

侠客

宝剑出鞘万木落，寒光一闪千水寒。
形单影只出塞外，单枪匹马上雪山。
银币轻抛击大盗，衣袂乍挥毙恶人。
欲除天下不平事，鬓发苍苍归昆仑。

2010.06.22

山村访友

滂沱大雨汇成河，欲辞山村走不得。
添酒续茶重摆桌，人不留客天留客。

2010.06.23

山村

雨打伞上噼啪响，蛙鸣稻田声悠扬。
雨天不能做农活，村头小屋打麻将。

2010.06.25

论诗（其二）

生活创作之源泉，用心处处有灵感。
阅世非同井底蛙，不愁才尽如江淹。

2010.06.30

猫

白天上蹿下跳,晚上念经修佛。
无事追咬尾梢,颇会自娱自乐。

安静温顺乖巧,威严虎态毕肖。
捕鼠护粮为天职,农家最爱此宝。

2010.06.30

小城

小城天高楼低,树多街宽人稀。
黑狗道上横卧,傍晚枝间鸟啼。

老翁哼唱粤曲,老妪戏弄童孙。
游子徜徉小城,暂得安身栖息。

2010.07.01

山村夏日

七月骄阳似火,古柳枝叶婆娑。
池塘嬉戏有鸭鹅,小猪跑来掺和。

农夫劳作稻田,农妇侍弄瓜果。
儿童幼小无事做,亲嘴轻搂狗脖。

2010.07.01

夜宿温泉

阵阵花香入鼻孔,时时蛐蛐唱歌声。
夜晚静谧星万点,仿佛漫步在天宫。

2010.07.06

草原

碧草白云蓝天,牛肥马壮羊贪。
山下穹庐点点,河浅清澈可鉴。

小伙挥鞭骐骥,姑娘牵狗撒欢。
晨起炊烟袅袅,黄昏天际红遍。

2010.07.06

暑天

酷热不可挡,性躁火气旺。
动辄发脾气,时常恶脸向。
纳凉树荫下,避暑空调房。
乘隙读诗书,心静自然凉。

2010.07.09

顺德美

顺德美,酒楼人成堆。
巧手烹出千道菜,妙方调制万般味。
啖饮乐忘归。

2010.07.09

刘备

桃园结义求功名,青梅煮酒论英雄。
寄人篱下藏锋芒,屡处险境砺品性。
三顾茅庐请卧龙,鏖战赤壁显威风。
兵出益州成霸业,白帝托孤见真情。

2010.07.12

岭南水果

芒果香,荔枝甜,香香甜甜数桂圆。
香蕉长,木瓜黄,菠萝熟透赛蜜糖。
山竹果皮如玛瑙,芭乐果肉白粉黄。
火龙果红吐芬芳,椰子汁浓如琼浆。
黄皮枇杷只见过,橄榄至今未品尝。
更有稀罕好多种,北人名字叫不上。

2010.07.12

赠程兄

岭南四季皆飞花,晨夕天末映彩霞。
医术精深医德高,南粤杏林一奇葩。
虎年春日偶识兄,几度相见缘分重。
悉心提携弟尽知,且看夏日花正红。

2010.07.14

望远

凭栏极目万里空,星光灯火夜幕中。
不知星斗落人间,抑或灯火飞苍穹?

2010.07.15

打猎

驱驰摩托斜挎枪,猎狗轻盈随身旁。
狡兔出洞食禾苗,突然身后一声响。
枪口偏高未射中,猎狗如箭猛扑上。
旋即叼兔回身望,威风凛凛待犒赏。

2010.07.15

农民工

烈日炎炎汗水洒,热浪滚滚脚手架。
晨起即闻打桩声,夜晚室内忙涂刷。
背井离乡到城市,含辛茹苦建大厦。
夜深人静望明月,儿含妻乳已睡下。

2010.07.19

农民工(其二)

修鞋织衣弹棉花,扫地送水卖西瓜。
尽操贱业为糊口,脏累苦活全拿下。
晨起入市揽活做,夜来豪宅忙搬家。
年初辞家到城市,年底归家飘雪花。

2010.07.20

台风

一场台风一场雨,一场暴雨一场凉。
览尽风雨看日出,随心角逐名利场。

2010.07.23

无题(其十二)

若无相见便不识,若无相识便不知。
若无相知便不爱,若无相爱便不思。
相见之后与君识,相识之后与君知。
相知之后把君爱,相爱之后长相思。

2010.07.24

命运

谁能预知星辰的轨迹?
谁能预测风雨的来期?
谁能预见缘分的落起?
谁能预料爱情的结局?

命运是天外一只手,掌握着星辰的轨迹。
命运是亘古一部书,记载着风雨的来期。
命运是月老一根线,牵动着缘分的落起。
命运是冥冥一神力,决定着爱情的结局。

2010.07.25

庚寅夏日,四十二岁生日有感

一行清泪一行诗,无限酸楚伤往事。
二十春秋空蹉跎,半生心血随流水。
读罢封神叹姜尚,细品三国哭刘备。
颜惭不敢奠轩辕,心灰岂肯祭唐碑。

2010.07.27

蜘蛛

古屋老树结网忙,蚊蝇飞蛾口中粮。
举目世间尽蜘蛛,名经利纬一罗网。

2010.08.03

昭陵八骏

一事无成满心哀,半生虚度发空白。
昨夜惊闻马蹄声,八骏奔腾入梦来。

2010.08.03

昙花

昙花开放夜半香,洁白美丽吐芬芳。
为避白昼红尘染,遥对明月两相赏。

2010.08.05

登拜将台

浸染红尘百事哀,夜深独登拜将台。
策马扬鞭奔腾去,蹄声轻响起尘埃。

2010.08.07

夏夜寄语

床头几根汝青丝,捡起细瞧起相思。
夜来风吹应有雨,关窗闭户勿淋湿。

2010.08.07

榕树

榕树垂着长胡须,枝枝叶叶藏故事。
幼童转眼成老翁,依旧摇曳晚风里。

2010.08.07

芒果

吾家爱犬称芒果,品系金毛性温和。
吃饱伸腿桌下卧,醒时摇尾博主乐。

2010.08.08

致爱人(其二)

我爱朋友,朋友们宴罢人散;
我爱兄弟,兄弟们渐行渐远;
我爱父母,父母亲双双老去;
我爱儿女,儿女们远走高飞。

爱人啊,只有你,
才能和我,生死相依。

2010.08.08

归隐

一叶扁舟去天涯,不恋尘世中浮华。
行至天际碧空尽,从此世间无我家。

2010.08.09

两地情

秦川岭南万重山,珠江水暖渭水寒。
盛年早谋身后事,抛撒骨灰各一半。

2010.08.10

夏天

又是烈日又狂风,瞬间雷雨瞬间晴。
方才撑伞为挡雨,此刻撑伞因日红。

2010.08.13

秦都旧事

秦都夜半灯火明,渭水岸边唱歌声。
今宵美酒且饮尽,明朝飞马去远征。

2010.08.13

天堂

从前人把天堂羡,美酒佳肴着绸缎。
如今天堂宫殿空,神仙纷纷住人间。

2010.08.22

寄心玉

人人只知汝光鲜,惟我晓汝辛酸。
言及往事泪如雨,放声痛哭伏我肩。

2010.08.22

悔

中年读书过万卷,掩卷回味已忘干。
百思千虑记不得,方知读书在少年。

2010.08.22

秋夜

云淡风轻明月光,夜深人静美梦香。
佳人怀愁望明月,默默无语泪两行。

2010.08.24

夏日暴雨

暴雨如注洗宇寰,江河猛涨浪滔天。
肮脏污秽尽洗去,还你一个清明天。

2010.08.25

近来商事渐顺,有感

辛酸苦辣近两年,艰难无法诉笔端。
举步如同陷泥潭,行路好似攀华山。
凤城秀美春意暖,心头寒冰渐消散。
激情燃烧盛夏天,驰骋商场珠江畔。

2010.08.25

空中行

四天三地两万里,岭南齐鲁和秦地。
古城送子入学府,泉城访友到宅第。
北国山岳起诗情,南国江湖生画意。
心系凤城急归去,佳人迎候秋风里。

2010.08.26

回忆旧事,即赴征途

少年便欲登众山,二十单骑到边关。
朔漠空旷月宁静,积雪三尺少人烟。
三十提剑奔燕山,自此纵横江湖间。
飞马扬鞭过黄河,乘舟击桨沧海边。
盛年栖身珠江畔,卧薪尝胆顺峰山。
天时地利吾尽占,贵人相助兵马全。
十年苦读知韬略,半生奋斗得经验。
挥手一展凌云志,且看晓日映碧天。

2010.08.27

诗意生活

昼出经商夜读书,途中闲暇阅报纸。
偶去山林看飞鸟,每见浮云起相思。
春登山顶闻花香,秋到禅寺观鲤鱼。
朝起江岸看日出,暮归湖畔赏粤曲。

2010.08.28

劝君

劝君莫要徒流泪,劝君莫要空悲伤。
君若流泪我哀痛,君若悲伤我断肠。

2010.08.29

老狼

眼神孤傲又忧伤,长嚎一声倍凄凉。
纵横驰骋草原上,卧雪眠霜冰河旁。
也曾结伴斗猛虎,也曾单独逐群羊。
老迈羸弱病死后,变作鹰隼口中粮。

2010.08.31

四景

潮起潮落潮无情,云展云舒云从容。
月圆月缺闺妇懂,花开花谢任西风。

2010.09.01

问君

君可知晓海深浅?君可知晓路长短?
君可知晓情真伪?君可知晓人悲欢?
潜水才知海深浅,远行才知路长短。
爱过才知情真伪,聚散才知人悲欢。

2010.09.02

人生百态

电梯上下挤忙人,车流来往起红尘。
铁龙进出过楼群,银鹰起降看积云。
言辞真假难分辨,是非迟早有定论。
半生浮沉知百事,千秋功过交后人。

2010.09.03

寻常人家

一日三餐家常菜,一年四季着棉麻。
儿女就读小学堂,父母养老榕树下。

2010.09.04

悼念毛泽东主席

农家子弟出韶山,翻江倒海起波澜。
湘江岸边求真知,宝塔山下写巨篇。
八年抗日驱倭寇,三年内战定江山。
丰功伟绩昭日月,英名齐天万古传。

2010.09.07

岭南美

山清水秀风光好,人杰地灵英才多。
天空俯瞰湖万点,楼台远眺花千重。
生活富裕茶市旺,文化繁荣武术兴。
走遍千山和万水,悦耳动听数粤语。

2010.09.08

悼念毛泽东主席（其二）

哀乐阵阵随风起，泪水纷纷和雨流。
红旗半降人肃立，汽笛声声举国哀。
天人同悲悼伟人，江河翻滚祭领袖。
北国风光景依旧，橘子洲头水长流。

2010.09.09

客家人

扶老携幼辞中原，颠沛流离到岭南。
翻山越岭多辛苦，披荆斩棘实艰难。
勤劳坚韧成脾性，漂洋过海不俱远。
祠堂巍峨诉往事，风俗依旧似洛汴。

2010.09.10

财富歌

财富如流水，水往低处流。求财应低调，发财为志酬。
财富如火种，起风便熊熊。火烧财门开，元宝滚进来。
财富如树苗，浇灌才长高。大树要久长，求财莫急躁。
财富乃福分，求财要有运。遍地是黄金，只等有福人。
财富亦缘分，有缘逢贵人。朋友齐相助，人和抵万金。

2010.09.10

爱情

爱情是一朵云彩,可以让人遐想;
爱情是一轮明月,可以让人安静;
爱情是一湾溪水,可以让人纯洁;
爱情是一篇美文,可以让人高尚;
爱情是一个信仰,可以让人坚定;
爱情是一种宗教,可以让人奉献。

2010.09.17

爱情日记

爱情日记仔细翻,秋叶满园舞翩翩。
字字句句皆滴泪,一行一段真情感。
从头至尾尽付出,字里行间俱奉献。
金丝系好藏箱底,窗外桂树花开遍。

2010.09.19

劝慰

你肯定不是最累的,你肯定不是最苦的,
你肯定不是最烦的,你肯定不是最惨的。
你在意什么呢?

你肯定不是最无奈的,你肯定不是最痛苦的,
你肯定不是最绝望的,你肯定不是最失败的。
你伤心什么呢?

你肯定不是一无长处,你肯定不是孤家寡人,
你肯定不是众叛亲离,你肯定不是穷途末路。
你悲哀什么呢?

你还身体健康,你还头脑聪慧,
你还亲人环绕,你还拥有爱情。
你担忧什么呢?

2010.09.19

独过中秋

秋风秋雨过中秋,愁云愁雾人忧愁。
独吃月饼不知味,自斟美酒欲昏睡。
云层厚重不见月,梦越关山到北国。
西崖坡上月如轮,祖母坟头霜花落。

2010.09.22

悲秋

秋夜如眼月作睛,世情冷暖尽看清。
秋雨淅沥天垂泪,秋叶飘落天多情。

2010.09.23

遭遇车祸,幸受轻伤

静坐客车闻书香,突遇大祸从天降。
举目乘客满面血,前望司机当场亡。
左肩青肿门牙动,头侧淤血脸擦伤。
屡遭车祸幸存活,真心真意爱一场。

2010.09.24

广州之恋

一见登顶白云山,心意相许生爱恋。
二见漫步珠江岸,灯火辉煌星璀璨。
三见相依荔枝湾,西关风情似从前。
四见发愿莲花山,海枯石烂永不变。

2010.09.26

示儿（其二）

天打响雷不下雨，地开红花未必春。
事无把握勿出手，人非知己莫谈心。

2010.09.28

秋剑

秋天夜半把玩剑，月照霜刃寒光闪。
秋风四起枯叶落，乌啼凄切星冷眼。
登高群楼如纸盒，望远河流掌中线。
幽州路远台何在？手执美酒问苍天。

2010.10.05

秋色赋

绵绵秋雨，萧萧秋风。纷纷黄叶，片片落红。
阵阵鸦啼，声声雁鸣。凄凄犬吠，哀哀秋虫。
寂寂秋夜，盏盏街灯。匆匆行人，悠悠钟声。
杯杯美酒，柔柔歌声。艳艳美人，壮壮英雄。
生如闪电，死若流星。时时可死，步步求生。

2010.10.10

奇人

平生最爱听哀乐,唱歌只唱国际歌。
夜半楼台观星象,晨起江岸读三国。
无事旋转地球仪,得空沙盘燃战火。
白发白眉白胡须,眼光如同灯闪烁。

2010.10.16

亮剑

拔剑出凤城,心中自不平。
宁为虎狼死,不作蝼蚁生。

2010.10.19

抒怀

坦荡对日月,举头有神明。
是非在人心,因果必报应。
乌云遮红日,瘴气阻前程。
待到云气散,万国皆光明。

2010.10.20

游灵隐寺

阵阵寒意阵阵风,江山万里秋雨中。
枯叶纷纷忆春日,落花片片思胜景。
人生逢秋伤往事,英雄末路叹时穷。
夜宿佛寺烛燃尽,遥知昭陵秋色浓。

2010.10.22

之后

去过山村之后,才知道宁静的可贵。
去过森林之后,才知道清新的可贵。
去过草原之后,才知道闲适的可贵。

去过监狱之后,才懂得自由的可贵。
去过医院之后,才懂得健康的可贵。
去过坟场之后,才懂得生命的可贵。

2010.10.24

论读书

读书万卷有何用？建功立业传美名。
知古论今清谈客，爬进爬出啮书虫。

2010.10.27

读明史

传奇朱元璋，高人刘伯温。
功成永乐帝，伟人王阳明。
激情张居正，荒唐明神宗。
悲剧袁崇焕，流寇李自成。

2010.10.28

悟道

此处跌倒此处爬，探头四顾无妙法。
马跑还需快马追，利箭射出岂有回？

2010.10.29

暮秋咏怀

天蓝云轻雁飞高,风起蝶舞胆气豪。
拔剑出鞘将屠龙,弯弓搭箭欲射雕。
时运不至百计穷,岁月蹉跎催人老。
起兵凤城图南粤,挥师北伐定万国。

2010.11.01

独咏

夜半乘车穿广深,窗外漆黑无星辰。
暮秋夜冷盼午阳,独居寒室思佳人。
看罢封神叹姜尚,掩卷明史哭伯温。
梦里几度闻铁马,醒时两行泪沾襟。

2010.11.03

高人

学问贯通儒释道,足迹遍布欧美澳。
闲来演练八阵图,夜半观星到拂晓。
四书五经俱研习,谈吐不凡见识高。
鹤发童颜如天人,鹅扇轻摇随风飘。

2010.11.06

四年

四年风雨四春秋,四见落花四寒暑。
四十八回逢月圆,四过重阳四端午。
四更天里犹不眠,四目相望穿千山。
但得今生手相牵,此爱绵绵不间断。

2010.11.09

群英谱

桀骜不驯陈独秀,文弱书生瞿秋白。
英姿飒爽高君宇,睿智儒雅周恩来。
指点江山毛泽东,宠辱不惊邓小平。
沉着冷静叶剑英,一代军神刘伯承。

2010.11.12

示儿(其三)

十九年前儿降生,落叶纷纷起秋风。
猛添柴火土炕暖,其时恰好九点钟。
十九年后儿长成,攻读法学在西京。
知书明理识大体,宽厚开朗性稳重。

2010.11.14

无题（其十三）

自从君身驻我心，分分秒秒不忘君。
夜深思君不能眠，凝眸照片度光阴。
自恨窘迫时运尽，悔不携君至昆仑。
纵然沧海变桑田，一心一意只爱君。

2010.11.17

人到中年

人到中年困惑多，事业感情两蹉跎。
感情逝去随流水，事业无成受折磨。
十年未曾开心笑，卅岁除夕带泪过。
欲归山林做隐士，名利心重道行薄。

2010.11.22

男女有别

男怕入错行，女怕嫁错郎。
男孩要穷养，女孩要富养。
男抖腿变穷，女抖腿犯贱。
男人像太阳，女人似月亮。

2010.11.23

道理

交友处世谈恋爱,可贵就在以诚待。
为人若知此道理,菩提树绿花长开。

2010.11.24

寒士

饥不择食吃臭肉,寒不择衣披棉絮。
慌不择路进死穴,贫不择妻娶恶女。

2010.11.25

岭南初冬

绿树浓荫冬如春,风和日丽蝶纷纷。
黄鹂枝头亮歌喉,蜜蜂花间忙授粉。
苍鹰振翅翱蓝天,猎犬逐兔近黄昏。
山清水秀五谷丰,人杰地灵民风淳。

2010.12.01

无题（其十四）

拙笔难诉相思意，万般言语化泪滴。
愁绪飞天遮明月，泪水变作雨凄凄。
行至坟地鬼火明，独步江畔衣淋湿。
万念俱灰欲投江，姜尚发怒刘备嗤。

2010.12.03

闺怨

月上枝头罗帐空，佳人酒醉别墅中。
夜总会里人如织，丈夫寻欢到天明。

2010.12.10

无名花

昨夜窗外冬风起，今晨枯叶落满地。
牡丹玫瑰葬土泥，无名花开有傲气。

2010.12.16

顺德赞

绿树红花顺峰山,鱼肥米丰珠江岸。
车水马龙凤城街,风景如画碧桂园。
性格豪爽异南人,心灵手巧似天仙。
别墅棋布如天宫,味在顺德不虚传。

2010.12.17

冬日登泰山,遥寄曾兄

孔子平生未得志,商君临终受酷刑。
秦传万世成笑谈,诸葛伐魏不成功。
关公兵败走麦城,岳飞雪耻梦成空。
因缘际遇人各异,岂以成败论英雄?

2010.12.18

独行

冷风刮面似尖刀,江山万里雪花飘。
岁月悠悠易空度,世事茫茫难自料。
悲欢离合悟人生,起落浮沉见真交。
穿靴戴笠行天际,惟有鹰犬身边绕。

2011.01.14

黄昏

浮云天空上,落日森林中。
夜幕冬风起,萧萧惊哀鸿。

2011.01.27

兔年春节

金虎归山去,玉兔迎春来。
爆竹声声起,好花年年开。

2011.02.07

兔年春节（其二）

艳阳天天照，喜事时时有。
春意在脸上，幸福藏心头。

2011.02.11

春雨

好雨普天降，百花带水开。
伞下丽人美，云上艳阳在。

2011.02.15

春雨（其二）

绵绵春雨不尽愁，夜半三更独倚楼。
万籁俱寂人入梦，惟见珠水潺湲流。

2011.02.19

春光美

天蓝草碧白云飞,花红柳绿春光美。
佳人相伴心欲醉,夕阳灿烂不思归。

2011.03.01

偶然

我本天上一游魂,偶然附着在汝身。
百年之后魂归天,汝身化尘去无痕。

2011.03.03

春天行

春光明媚百花开,春色醉人心自在。
春风得意车疾驰,尽将万山向后甩。

2011.03.17

春天抒怀

三月春风绿万山,麦苗青青遍千川。
挥剑欲展平生志,笑看鸿雁舞翩翩。

2011.03.28

哭剑

谁人掷剑密林中?锈迹斑斑插老松。
点点滴滴天落泪,声声凄凄猿哀鸣。
曾经疆场斩敌首,醉后军帐舞如风。
建功岁月成往事,我哭宝剑到天明。

2011.05.10

出游

草木葱茏荔枝红,道路如织车如龙。
百舸争流珠水上,丈夫佩剑岭南行。

2011.05.27

哭雨

连绵雨水无尽愁,泪水和雨恣肆流。
伞下伤心人独立,惟见湖畔一叶舟。

2011.06.13

论诗(其三)

人家写诗文笔华,我作诗时血泪洒。
热血化作报国志,清泪只为心上她。

2011.06.18

半生

自幼耕读在农家,二十西行飘雪花。
跋山涉水奔波苦,赤手空拳闯天下。
阳关含泪望明月,海岛孤身在天涯。
对镜几叹生白发,隔窗犹见万道霞。

2011.07.04

登楼

苍鹰击云端,蛟龙潜深渊。
独狼嚎夜空,猛虎啸山间。
圣贤皆寂寞,英雄多孤单。
谁立北楼上?泪随月光闪。

2011.08.04

无题(其十五)

缠绵五年梦终醒,半夜三更楼成空。
秋风萧萧带急雨,凭栏泪水如泉涌。
温柔乡里销铁骨,春宵帐暖似木笼。
五载一枕黄粱梦,吾将带剑独远行。

2011.10.01

九月九日忆京城诸友

京城三年好年华,万事遂心欲忘家。
孙兄饮宴千杯醉,王兄慈悲如菩萨。
冯弟两次救我命,陈弟敢笑又敢骂。
今日独登白云山,泪水滂沱似雨洒。

2011.10.05

冬月十五

冬风无力满沈城,明月如玉耀盛京。
月映积雪分外明,夜半街头少人行。
举目山川尽银色,低首浑河已冰冻。
南国五年在梦中,云山珠水荔枝红。

2011.12.10

东北冬

白山黑水树灰黄,冰地雪天野茫茫。
密林万顷鸟飞尽,冻河千里龙身藏。
晴日雪原裹银妆,夜晚金城放光芒。
客栈豪饮不知醉,只觉他乡是故乡。

2011.12.14

无题（其十六）

一别山水两茫茫，白昼黑夜意难忘。
夜半伏窗星落泪，形影相吊欲断肠。
千里奔波尘满面，心力交瘁鬓如霜。
记得当年明月夜，月柔情浓海岛上。

2012.01.09

春运

银鹰天空飞，铁龙陆地行。
客船驶水上，宝马驰途中。
肩负大小包，怀揣思乡情。
归心似疾箭，关山度如风。

2012.01.21

打坐

嚣扰惹人烦，身心俱入禅。
寒舍有笔砚，相伴惟青烟。

2012.01.27

小村

十户人家四面柳,村旁小溪水长流。
绿树开满花百朵,更有喜鹊在枝头。

2012.02.11

赏花

奇卉谷里花千树,蜂蝶纷纷和红尘。
陌上尽是看花客,真赏寒香有几人?

2012.02.14

思乡

鸦啼四五声,清泪两三行。
倦鸟欲归巢,游子悲故乡。

2012.02.16

论交友

求名求利尽折腰,谈名谈利无真交。
心须交心情方久,人不求人格自高。

2012.02.20

赠史兄

白云山下喜相逢,醉酒千杯话英雄。
提剑疾驰赴鹏城,飞马征战东三省。
虎石台前望明月,大石桥上悲冬风。
血染沙场兄莫念,林海雪原落日红。

2012.02.21

无题(其十七)

静坐车厢闻粤曲,触动心弦起相思。
放眼旷野尽灰色,侧枕梦里俱花絮。
山海关外春来迟,珠水岸边绿满地。
回首往事情如旧,掩面向窗泪沾衣。

2012.02.22

题圆玄道观

天明天黑一晨昏，忙碌歇息一周尽。
月缺月圆月如轮，花落花开一秋春。
昨日还是幼稚子，今朝已成白发人。
时光逝去随流水，寻得桃源避凡尘。

2012.02.29

东北春

山海关外春来迟，三月柳树未吐丝。
旷野千里尽灰色，密林万顷无绿意。
晨起飘落鹅毛雪，午后转成牛毛雨。
高速路上车行急，原是大清发祥地。

2012.03.05

寄山东诸友

齐鲁大地沐春风,泰山巍峨河融冰。
沃野广袤物产丰,民风古朴人实诚。

重情重义重品行,亦师亦友亦父兄,
曲阜松柏树长青,吾今新作圣贤颂。

2012.03.19

论诗(其四)

万般忙碌为金银,名利二字废身心。
复兴中华需国魂,诗为民族补精神!

2012.03.21

隐士

春天看花开,秋日伴月眠。
曲径通幽处,陋室居山间。

身有仙鹤姿,高寿逾百年。
英雄千秋业,隐士一叶船。

2012.03.23

晋京

四月初晋京，京城春意浓。
百花齐开放，喜鹊枝头鸣。
游人如潮水，宝马若蚁虫。
君子酬知己，美人配英雄。

2012.04.10

春天来了

夏天来了，星星亮了；蛙鸣响了，爱情到了。
秋天来了，月儿圆了；桂花香了，爱情浓了。
冬天来了，雪花飘了；美酒醉了，爱情暖了。
春天来了，树叶绿了；桃花开了，爱情死了。

2012.04.11

春日有感

花开盛时即花残，船行江心易翻船。
人到高处须防跌，善始容易善终难。

2012.04.13

出征

塞外四月风犹寒，原野茫茫落日圆。
大将不辞马上死，挥鞭疾驰不复还。

2012.04.14

养性（三首）

其一
天命自难违，人事求心安。天人合一体，驶得万年船。
其二
信命不认命，努力总为重。若无朝霞美，但求夕阳红。
其三
敬神不拜神，成败在自身。神若主万事，大觉至晨昏。

2012.05.09

读书有感

看罢红楼看三国，儿女泪水英雄歌。
泪水浇得情草绿，英雄歌唱大江河。

2012.05.12

东北行

耳听妙曲口品茶,眼观窗外绿枝芽。
东北五月春色美,一路开满丁香花。

2012.05.14

告诉自己

在黎明的时候就起床,告诉自己要努力;
在悲伤的时候闭住眼,告诉自己别流泪;
在痛苦的时候咬紧牙,告诉自己要坚强;
在绝望的时候仰望天,告诉自己别倒下!

2012.05.15

无题(其十八)

花前月下一场梦,海誓山盟总成空。
情思愈多心愈悲,爱意愈浓伤愈重。
泪水已干眼泣血,肝肠寸断头剧痛。
两只蝴蝶翩翩飞,吾今死过盼重生。

2012.05.21

东北行（其二）

五月东北絮如雪，四更日出红似火。
百鸟展翅蓝天飞，丈夫建功在北国。

2012.05.23

夜读

日落黄昏霞满天，月出夜晚人无眠。
三国时代英雄事，娓娓道来如画卷。

2012.05.29

情痴

你能看懂风发的信息吗?
你能看到花抛的媚眼吗?
你能体会月对你的暗恋吗?
你能解读水给你的柔情吗?

我和风是好友,常常互发信息;
我和花是恋人,故而她抛媚眼;
我和月彼此欣赏,所以她对我暗恋;
我和水从来亲近,因此她送我柔情。

2012.06.02

水灾

云愁雨病天发昏,山塌地陷神生嗔。
水祸泛滥玉帝怒,楼倒家破惊世人。

2012.06.15

无题(其十九)

五年偏安在岭南,终日徘徊花草间。
寻花弄草髀肉生,吟风咏月雄心泯。
今日驰骋东三省,举目方知天地宽。
六月美景胜江南,丈夫建功在当前。

2012.06.19

夏思

白山黑水映眼帘,云山珠水入梦中。
松花江畔稻苗绿,珠水岸边荔枝红。

2012.06.24

东北夏

东北夏日好风光,白山黑水着绿妆。
万顷湿地百鸟鸣,千里沃土禾苗壮。
林海碧翠如锦绣,江河壮美若画上。
无限美景欲陶醉,气候宜人似天堂。

2012.06.30

东北赞

东北夏景美无边，雄壮秀丽胜江南。
缘何四海少人知，只为诗人未夸赞。

2012.07.02

登昭陵

黄昏登昭陵，泪水湿衣襟。
帝王千古事，山顶几朵云。

2012.07.06

悼亡弟

亡弟死因成疑云，愚兄如何不痛心？
昨夜托梦告愚兄，不得超生一冤魂。

2012.07.15

纠结

欲忘伤心事，远离伤心地。
不见伤心人，无奈在梦里。

2012.07.21

参禅

人过四十已不惑，年逾六月感慨多。
成败得失皆定数，生死祸福尽托佛。
心长寿短隔阴阳，情深缘浅无奈何。
沧海桑田多变幻，惟见山寺一轮月。

2012.07.25

将军吟

白日杀敌过万千，夜伴秋风枕刀眠。
铠甲十月未曾解，金戈铁马又一年。

2012.09.08

东北秋

东北秋日遍地黄,天造地设大粮仓。
果甜蟹肥辽东岛,豆圆稻香黑土上。
农民带笑在脸庞,渔夫远航去撒网。
山珍海味数不尽,供给中华好营养。

2012.09.17

赠孔方兄

官号货币绰号钱,古今中外大名传。
能使美人开口笑,能让帝王丢江山。
能使懦夫变勇士,能让硬汉骨头软。
男女老少都喜欢,兄长魅力真无边。

2012.09.19

送别

十月秋风寒,客店咖啡浓。
相对默无语,泪水眼眶中。
铁龙向北去,银鹰飞苍穹。
君来盛京春,君去沈城空。

2012.10.09

二赵治陕

乐际书记有才华,正永省长真儒雅。
同心兴秦留美名,携手治陕传佳话。
陕北大地谱妙曲,陕南沃土绣奇葩。
千年古都展新姿,万名秦俑欲出发。

2012.10.26

出塞

塞外雪花漫天飞,山上山下一片白。
帐篷酒暖说旧事,且看明年春更美。

2012.11.04

出塞(其二)

万里征程万里雪,草枯树老鸦飞过。
眉结霜花铁衣冷,残阳如血映北国。

2012.11.18

冬日怀古

探访马陵道,感伤落凤坡。
凭吊五丈原,落泪大渡河。

2012.11.20

夜宴

木炭通红肉飘香,火锅烧烤客满堂。
铜壶铁炉青瓷杯,不觉窗外雪飞扬。

2012.12.06

出塞(其三)

千里雪原落日红,将军驱驰征途中。
枯杨挺立如兵卒,誓报主恩建奇功。

2012.12.09

出塞（其四）

朔风吹面似刀刮，雪落铁衣如白沙。
将军横刀战马上，南国开满紫荆花。

2012.12.15

出塞（其五）

白毛风起天地间，填谷平壑能移山。
将军伫立如冰雕，不放风进玉门关。

2012.12.25

中国梦

政治清明官吏廉，社会稳定民心安。
五谷丰登风雨顺，百业兴旺日月灿。
环境优美千山绿，文化繁荣百花艳。
科技发达航海天，中国梦想定实现！

2012.12.26

出塞（其六）

万事不如剑在手，临阵讨敌博封侯。
壮士出塞不思归，将军喜闻北风吼。

2013.01.04

论诗（其五）

国家未兴诗家兴，诗家兴旺国家兴。
街巷人人能吟诗，神州处处盛唐景。

2013.01.10

冬日乘哈大高铁

积雪千里路，逢春花缤纷。
三省半日过，四地紧相邻。
朝饮大连水，夜宴哈尔滨。
若得二三友，胜赚亿万金。

2013.01.18

出塞（其七）

塞外三月雪花飘，南国春来百花俏。
将军疾行边境线，故乡万里路途遥。

2013.03.02

无题（其二十）

闭目即见木棉红，睁眼只看山河冻。
木棉树下有俩人，松花江上成孤影。
天湖居处情意浓，棋盘山脚双肩并。
自从与君初相识，每日都在爱海中。

2013.03.05

望月（其二）

塞外北风吼，南国春水流。
惟有天上月，两地同一钩。

2013.03.12

塞外春

北风猎猎起浮尘,南风不敌卷残云。
乍暖还寒塞外春,牵肠挂肚梦里人。

2013.03.22

修行

柴米油盐酱醋茶,喜怒忧思悲恐惊。
不劳七事是神仙,不动七情乃高僧。
人食五谷生百病,世事纷纭难入定。
穷困陋室修禅宗,时至天地做豪雄。

2013.03.23

悼亡弟(其二)

亡弟不顾身后事,一任纸钱飘天空。
愚兄须走眼前路,行至郊野祭亡灵。

2013.04.07

乘机

儿时扶锄望天空,一架飞机在头顶。
今日倚窗朝下看,多少村庄缥缈中。

2013.04.13

五一

五一节至和风来,长白山下百花开。
盛京城里柳飘絮,松花江上鸭自在。
老虎滩前人如织,春城车龙尽出外。
独居陋室读史书,千古江山看兴衰。

2013.04.30

学者

一餐话题尽房车,满座皆是大学者。
天天交往孔方兄,不求学问学偷窃。

2013.05.05

代价

空巢老人空心村,留守儿童思双亲。
老人膝下有黄犬,儿童思亲惟视频。
春来垃圾随风舞,冬至灰霾带病侵。
经济辉煌追隋唐,代价惨痛留祸根。

2013.05.07

自哈尔滨寄南方诸友

棉衣褪去着短裙,积雪融尽花缤纷,
半年冰封半年夏,始知东北无秋春。

2013.05.14

游子吟

慈母手中线,游子如纸鸢。
不管飞多远,心头总挂牵。
游子千里外,时时把母念。
祈盼母长寿,纸鸢不断线。

2013.05.15

便利

沈城亦见荔枝红,羊城超市有桃杏。
不需快马扬红尘,银鹰铁龙空地行。

2013.05.16

八喜

久旱逢甘露,他乡遇故知。
洞房花烛夜,金榜题名时。
彩票中大奖,重病得良医。
巧妇米面足,高徒拜名师。

2013.05.17

正能量

矢志不渝为爱情,披荆斩棘为理想。
无私奉献为祖国,不怕牺牲为信仰。
守住底线为道德,甘受清贫为立场。
坚决抵制阴暗面,积极传播正能量。

2013.05.21

牧童

倒骑牛背笛横吹,光头圆脸八九岁。
天蓝草碧蝶纷飞,羡煞世间名利人。

2013.06.08

赠邱兄

与君一席大梦醒,始知天地做豪雄。
夏至时节到帝京,十年磨剑欲屠龙。
喜逢贵人出手助,乐见宾朋笑脸迎。
英才挥鞭雷电惊,风雨过后见彩虹。

2013.06.21

无题(其二十一)

字字诗句字字泪,字字诗句字字血。
若说无缘何相识,若说有缘难相处。
南国近日多台风,春城数天雨凄凄。
从今心门上大锁,此后再无无题诗!

2013.07.21

公主

生在公主岭,葬在公主坟。
正欲长叹息,公主非一人。

2013.07.25

分手

我喜早起你晚醒,你爱热闹我清静。
我闲暇时逛书店,你有机会去赌城。
夜守空床难入梦,凌晨散步我独行。
站台火车穿梭过,你向西边我向东。

2013.08.01

自慰

出汗当排毒,干活当松骨。
出差当旅游,吃苦是吃补。

2013.08.15

过墓园

三尺石碑立微风,墓园西望夕阳红。
千般争斗终松手,人生到头总成空。

2013.08.16

美人

秀发柳眉樱桃嘴,凤眼明眸如秋水。
香肩玉臂手纤细,蜂腰美腿裙低垂。
月儿含羞躲云后,玫瑰凋谢自惭愧。
路上看过频回首,倾国倾城惹人醉。

2013.08.19

醉酒

饮酒千杯夜不眠,俯瞰京城不夜天。
千家万户皆入睡,独有诗人吟新篇。

2013.08.31

秋思

秋风冷，秋水寒，秋雨连绵不间断。
昼思卿，夜不眠，泪水涟涟湿衣衫。

2013.09.09

北京

日照天安门，月映紫禁城。
风吹居庸关，雨落十三陵。
问道白云观，礼佛雍和宫。
花满长安街，柳绿达官营。

2013.09.27

伤秋

秋风习习，秋雨霏霏。秋叶飘零，秋雁南飞。
秋蝉哀鸣，秋菊低垂。秋意渐浓，人不胜悲。

2013.10.01

出京

梧桐更兼细雨,枯叶难敌秋风。
昨夜佳人又入梦,醒时寒舍凄冷。

缘起情深意重,缘灭路远山崇。
今朝驱车独远行,塞外已是初冬。

2013.10.09

读书乐

看完三国看红楼,看罢水浒看西游。
四大名著轮番看,自有滋味在里头。

2013.10.27

使命

懂事就知忧天下,东奔西走不沾家。
边疆冬月天正冷,南国七月汗水洒。
京城十月饮秋风,乡村三月遍黄花。
梦里几度回汉唐,至死犹念兴中华。

2013.10.30

责任

一日必做一日事,一日必读一日书。
早晚常思父母恩,秋春时把子教训。
经商只求三件事,富己富人富众生。
读史最喜读汉唐,梦想只为国富强。

2013.11.11

诚信

尾生抱柱不负约,曾子杀彘教幼童。
商鞅立木传千古,桃园结义留美名。
经商守诚成巨富,为官秉信得封侯。
一诺千金天地清,一言九鼎乾坤重。

2013.11.13

登望海楼

世事无常自淡然,一任波涛击青山。
望海楼上看晚景,潮起潮落且由天。

2013.11.19

教子

一根筷难使,独木桥难走。
单个柱难支,独生子难教。
纵子如害子,护子如伤子。
疼子如毒子,爱子如杀子。

2013.12.03

情分

酒肉朋友无知己,米面夫妻少知音。
穷在闹市无人问,富在深山有远亲。

2013.12.04

认真

世上最重是认真,认真二字敌千钧。
认真做人存正气,认真做事葆青春。
认真求学寻真知,认真经商利万金。
国人处世讲认真,民族复兴日月新。

2013.12.11

马年说马

马化腾龙在云端,不似槽枥受羁绊。
气势如虹吞宇宙,挟风带雨冲九天。

2014.01.14

祈雪

冬无严寒暖似春,瑞雪未曾降京秦。
风来枯叶随风舞,风去天空满浮尘。
夜静构筑七丈台,披发宽袍慢登临。
木剑九划念咒语,祈盼大雪降纷纷。

2014.01.24

在路上

单枪匹马上天山,弹指二十六年前。
满怀憧憬到岭南,距今二十五年前。
赤手空拳闯北京,一晃一十八年前。
今日对镜两鬓斑,明朝又要出潼关。

2014.01.29

九嶷山抒情

　　冷暖人生，厚薄人情，半世风雨方看清。成败沉浮，顺境逆境，参透历史自淡定。莫言房舍车马，英雄自古求大成。莫学小丑志得，刘邦功成比其兄。
　　太平盛世，商场依然硝烟浓。搏取财富，仍需韩信善用兵。师姜尚，学范蠡，经商富众生。骑骏马，奔京城，誓创伟业成。横空出世，叱咤风云，一如闪电耀天空。春风东来，马蹄匆匆，豪杰须留万代名！

2014.02.02

甲午杂诗

村村春节设赌场，户户皆有麻将响。
若无农村讲文明，休言中国真富强。

2014.02.04

自勉

安逸享乐销骨水，艰苦奋斗磨刀石。
少年受苦实幸事，中年建功正其时。

2014.02.05

辞乡

挥手别故乡，泪水满衣裳。
慈母多叮咛，老父送村旁。
爱子尚熟睡，树梢天未亮。
纸巾已擦尽，乡愁无限长。

2014.02.11

出塞（其八）

十年神功终练成，光复国土逞英雄。
周边贼寇血屠尽，跃马扬刀捣黄龙。

2014.02.18

出塞（其九）

半生漂泊业未成，万事俱备欠东风。
阳春三月东风起，拔剑出鞘斩恶龙。

2014.03.13

将军吟（其二）

一场鏖战万人亡,鹰飞鸦啼古战场。
将军流血不流泪,赤胆忠心守边疆。

2014.03.14

出塞（其十）

塞外三月树未芽,不见家燕见昏鸦。
举头远望仍积雪,故乡遍山油菜花。

2014.03.17

将军吟（其三）

戎马倥偬我所愿,最喜天天有鏖战。
将军不作床上死,马革裹尸葬边关。

2014.03.28

励志

时来运转疾步行,莫贪春天好风景。
功成身退江湖后,夕阳西下拜昭陵。

2014.04.12

悯老(其二)

儿子定居新加坡,女儿移民加拿大。
父母年老不远行,一日到晚对春花。

2014.04.13

四难

相见容易相知难,相知容易相思难。
相思容易相爱难,相爱容易相处难。

2014.04.14

君子

求田问舍庸人志,戴金佩玉凡夫身。
眠花宿柳小人行,建功立业君子心。

2014.04.18

义士

心痛羊角哀,感念鲍叔牙。
春风吹几度,年年有桃花。

2014.04.21

奋斗

奢侈诚可笑,享受亦无聊。
人生几多事,奋斗最堪豪。

2014.04.22

将军吟(其四)

驻马北疆四十年,几度月圆几度残。
江南祖宅赠孤老,亡魂依旧守边关。

2014.04.26

将军吟(其五)

力比廉颇轻黄忠,血战沙场逞英雄。
但求百姓得安乐,不谋身后万世名。

2014.04.28

伤春

未曾陶醉春已去,再看桃花待来年。
今朝与君共游园,明年各在天一边。

2014.05.15

耕耘

不惧酷暑不畏寒，以苦为乐度华年。
恨不拔毛变千身，管教四海无闲田。

2014.05.20

天路

北屯到北京，路遥山几重。
先要出潼关，后又经保定。
农家一子弟，负命来北京。
自幼轻名利，誓创伟业成。

2014.05.25

美酒

美景无如观沧海，美味无如家常菜。
美德无如孝谦忍，美酒尽出在茅台。

2014.06.07

醉酒（其二）

醉眼朦胧望宇寰，自信一飞能冲天。
周公翩然来迎接，秦皇彻夜邀畅谈。

2014.06.09

醉酒（其三）

醉酒行路步零乱，飘飘摇摇欲成仙。
明知酒醉必伤身，逢酒见醉性情男。

2014.06.10

咏水

屡屡碰壁从未休，崇山难阻水东流。
迂回曲折不退后，为有大海在心头。

2014.06.10

胡杨

生而不死斗极旱，死而不倒自巍然。
倒而不朽人敬仰，世间已历三千年。

2014.06.11

月下

圆月高挂云缭绕，忽明忽暗影飘摇。
圣贤月下觉寂寞，英雄到此叹无聊。
冲天之志谁人知，拔山之力谁人晓。
未遇隐逸云中仙，尽同俗人打交道。

2014.06.21

漂泊

漂泊三十省，历经廿秋春。
喜欢便久留，厌烦即远遁。
今夕在三亚，明朝去吉林。
勿置不动产，愿为逍遥身。

2014.06.22

回首（其二）

廿六年前走神州，一路飘满信天游。
黄河岸边意彷徨，将军山下几回头。
戈壁滩上风萧萧，天山南北积雪厚。
今夕吾近四十六，人生大戏未开幕。

2014.06.24

醉酒（其四）

卅串烤肉六瓶酒，午间独酌解千愁。
酒尽蹒跚回家睡，半夜起来看足球。

2014.07.05

山水文园

修竹曲径草碧绿，流溪飞瀑午后雨。
蝶舞蝉鸣鸟欢啼，湖光山色宜居地。

2014.07.08

送友人

君乘银鹰归贵阳,崇山白云两茫茫。
朝夕面向西南望,茅台美酒犹留香。

2014.07.10

思友人

君去京城似火烧,柳枝无力人心焦。
遥知贵阳天凉爽,一杯香茗仙乐绕。

2014.07.13

无奈

人生最难是无奈,满腹话语藏襟怀。
夜深端坐湖边亭,一轮明月照四海。

2014.07.15

归零

二十六年是与非,成败得失已无谓。
几度侥幸得小成,屡次惨败无家归。
命运多舛心志苦,蹉跎岁月不后悔。
今夕前事尽归零,明朝再看江山美。

2014.07.20

野草

碧绿夏日草,生长天山下。
茂密如大海,风吹掀浪花。
秋天尽枯萎,冬日大雪压。
待到春来时,青青遍天涯。

2014.07.25

思友人(其二)

两面似有千年情,昨夜君影入梦中。
轻盈宛若天上来,闷热夏日起清风。

2014.07.31

七夕

君在西边我在东,好似牵牛织女星。
欲渡天河恐缘浅,怀抱玫瑰火样红。

2014.08.02

夏日登昭陵

九嵕山下绿色浓,千年帝都烈日红。
天降晓君为何事,轻抚石马问昭陵。

2014.08.05

立秋

立秋过后天气凉,大地碧绿转金黄。
丈夫驻马山海关,意气风发待飞扬。

2014.08.11

赠俞周二弟

兄弟合力移泰山，仨人齐心照宇寰。
关外秋风飒飒起，丈夫建功在当前。

2014.08.15

诵经

潇潇秋雨漫长春，半百人生几浮沉。
独坐陋室诵佛经，窗外匆匆行路人。

2014.08.16

中年感言

夜不能寐猛反省，半百人生须定性。
莫以小胜空自慰，四十六年功未成。
痛定思痛急奋起，坦承失败亦英雄。
年逾不惑仍豪情，壮士乐见夕阳红。

2014.08.20

将军吟（其六）

久不征战骨头懒，几度夜里梦边关。
今朝策马边境线，初秋时节刀光寒。

2014.08.21

闻友人至京城不遇

秋高气爽瓜果丰，闻君翩然至京城。
吾正驻马长白山，几行清泪冷风中。

2014.08.23

八月行

八月秋色正宜人，东北美景更无伦。
卅日走遍辽吉黑，似由中年回青春。

2014.08.27

寄丽卿

入得厨房烹美味，出得厅堂秀雅姿。
居家温柔做贤妻，经商泼辣是强人。

2014.08.29

寄丽卿（其二）

东北秋日好风光，稻黄蟹肥瓜果香。
转眼就到中秋夜，邀君海边看月亮。

2014.09.02

将军吟（其七）

将军上马守边关，将军下马磨利剑。
四十年来未酣眠，梦萦万里国境线。

2014.09.04

寄丽卿（其三）

两次相见已动情，场景时时入梦中。
明晚就是中秋夜，共赏圆月对当空。

2014.09.07

乡愁

汨河南边绕，泾河东边流。
故乡叫北屯，我生土炕头。
世代居于此，本家几百口。
独对中秋月，泪水不住流。

2014.09.08

后事

一阵一阵觉孤单，秋风吹面泪潸潸。
生在八百里秦川，死后长眠长白山。

2014.09.13

论诗（其六）

生活为纸心为笔，记录人间真善美。
喜怒哀乐写诗里，奋斗进取是主题。

2014.09.16

灵与肉

只因附着在汝身，令我痛苦十万分。
你要金银貂皮衣，你要山珍海味食。
你要高楼大厦住，你要香车美女行。
汝身贪欲无极限，我将离汝上西天。

2014.09.18

求爱

我善良，你温柔，何不西湖荡小舟？
我有才，你有貌，何不月下相视笑？
我单身，你一人，何不牵手度秋春？
我未娶，你未嫁，何不依偎去天涯？
我有爱，你有心，何不结为同路人？
我有情，你有意，生生世世不分离！

2014.09.20

出塞（其十一）

塞外秋风阵阵寒，北疆九月雪满天。
驻守边关不觉苦，故乡菊花正争艳。

2014.09.23

顿悟

南华寺里十余年，愈修愈觉佛经难。
禅房突有佛光现，如同冰河逢春天。

2014.09.25

悼亡弟（其三）

心地善良性情纯，遭遇不幸葬土坟。
每逢佳节兄落泪，千里之外祭冤魂。

2014.10.03

将军吟（其八）

少年建功到边疆，四十余年未还乡。
梦里依稀眉户曲，白日惟闻驼铃响。

2014.10.05

出塞（其十二）

塞外风吹沙石飞，天地笼统无南北。
巡哨战士如金铸，驼铃声声响边陲。

2014.10.09

过山海关

进关出关如家常，敢将江山胸中藏。
半生奔波所为何？企盼中国真富强！

2014.10.10

站台

洒下多少恋人泪,诉说不尽离别情。
来往火车穿梭过,满载一厢利和名。

2014.10.11

赠万兄

万兄医德万人传,医术精湛震宇寰。
半载不见心思念,邀约未到颇怅然。

2014.10.12

南京

宾客散尽剩残羹,热闹过后是冷清。
惊艳大戏终落幕,六朝繁华成春梦。

2014.10.13

天安门

祖国江山万里红,皆是英雄血染成。
五星红旗迎风飘,十亿人民十亿兵!

2014.10.16

出塞(其十三)

腰挎金鞘屠龙刀,手执银铓降魔剑。
胯下宝马疾如风,岂惧胡儿犯边关?

2014.10.18

重庆

高楼如林,美女如云。
到此沉醉,乐不思秦。

2014.10.25

东北情

东北江山雄壮美,三省人民勇智伟。
物阜民丰瑰宝地,愿将余生献东北。

2014.10.27

醉酒(其五)

茅台陈酿青瓷杯,觥筹交错菜肴美。
通宵达旦君莫笑,人生能有几回醉?

2014.10.28

赠建锋兄

贫穷稳中度,富贵险中求。
宁为创业狼,不做打工狗!

2014.10.30

孽缘

情缘一起两相残,双方事业成云烟。
伤痕累累分手后,才知此缘是孽缘!

2014.11.04

出塞(其十四)

大鱼大肉高粱酒,莫管帐外北风吼。
为保江山万年久,将军征战白了头!

2014.11.07

出塞(其十五)

昨夜大雪今日晴,醉后倍感精神清。
年逾六旬不觉老,再令儿孙守边境!

2014.11.08

出塞（其十六）

大块吃肉大碗酒，忘却世间烦事有。
莫怪将军不顾家，天职护卫我龙族！

2014.11.10

大东北

东北颜色白绿黄，物产丰富油煤粮。
兴安岭上林茂密，黄海水里鱼虾旺。
地灵人杰多俊才，天佑宝地无灾荒。
美丽富裕大东北，滔滔不尽松花江。

2014.11.11

出塞（其十七）

北风怒吼如琵琶，雪花纷飞胜百花。
将军不喜家务事，一生钟爱惟鞍马。

2014.11.16

将军吟(其九)

昨日北疆战群狼,今日饮马鸭绿江。
来回奔驰如闪电,谁敢觊觎我国邦?

2014.11.17

将军吟(其十)

昨日饮马鸭绿江,今日进京拜圣上。
圣主雄才有大略,欲扬国威超汉唐!

2014.11.18

赠含笑

送君梅沙似海情,鹏城初冬起春风。
卿许郎君千分爱,我许美人有三生!

2014.11.19

赠海虹

海上旅行遇海虹,娇美笑声如银铃。
秀发长裙随风舞,宛若嫦娥出月宫。

2014.11.25

出塞(其十八)

昨日京城伴圣君,今日被贬出玉门。
每思国事泪如雨,阳关古道雪纷纷。

2014.12.01

出塞(其十九)

卧雪眠霜战北风,枕戈待旦度平生。
皓首穷经书生事,莫若从军建功名!

2014.12.03

赠仲达

以心相交已忘年,每逢夜半约君谈。
君以隐忍屡相劝,暮年杀敌毋亮剑!

2014.12.05

画像

农民品质军人情,学者风范隐者形。
一半热烈如火焰,一半冷静若寒冰。

2014.12.11

出塞(其二十)

安逸度日觉无聊,提剑上马披银袍。
边境平安无战事,弯弓搭箭射大雕。

2014.12.22

问答

漂泊三十年,缘何不归港?
正行海中央,况且未倦航。

2014.12.25

大东北(其二)

东北黑土满地油,自然条件似美欧。
哈市人称小巴黎,大连风行日韩流。
沈阳旧貌换新颜,长春碧翠如锦绣。
三鲜五味天天有,白山松江他乡无!

2014.12.26

老虎狗

外形是家狗,本质是老虎。
失势是家狗,得势是老虎。
隐忍是家狗,爆发是老虎。
篱下是家狗,入林是老虎。
亲前是家狗,临危是老虎。
守边是家狗,杀敌是老虎!

2014.12.28

故人

言少又语寡,朴实不奢华。
忠孝待友亲,仁义对部下。
为将做冯异,为帅做仲达。
为文做贾谊,为史做司马。
胸怀如大海,境界比圣亚。
眼光通古今,气度冠华夏!

2014.12.29

贺姐夫

文韬武略藏腹胸,精忠报国显威风。
辞旧迎新传喜讯,戎马生涯得将星。
一份心意谢亲朋,二份心意祭祖宗。
七份心意给伴侣,共保江山万年红!

2014.12.31

麦客

鼻直口阔目有神，头戴白帽镰在身。
简单行李吊背后，来自宁甘多回民。
烈日炎炎面朝地，汗水滴滴麦成捆。
如今割麦尽机械，麦客已是过往人。

2015.01.01

静思

地球乃弹丸，银河亦有垠。
太空真浩瀚，宇宙即吾心。

2015.01.11

崇拜

第一崇拜是军人，保家卫国建功勋。
第二崇拜是警察，治安维稳度年华。
第三崇拜是医生，救死扶伤留声名。
第四崇拜是教师，呕心沥血育桃李。

2015.01.12

年老

四年春天眼睛花,阅读书报把镜拿。
前年夏天又松牙,烧烤坚果远离它。
去年秋天生白发,如同头顶结霜花。
今年冬天记性差,依稀忘记心上她。

2015.01.14

志向

自幼志向富万民,至今依然孤独身。
夜深佛堂默祈祷,苍天不负苦心人。

2015.01.18

出塞(其二十一)

十日杀敌过万千,边疆天天有血战。
一双鞋垫藏胸前,每思慈母泪不干。

2015.01.19

两地情（其二）

关中道上多帝陵，关东志士尽豪情。
祖国山河我皆爱，直把关东当关中！

2015.01.20

包头

似水流年最无情，滔滔黄河满目冰。
伤心同学聚会时，当年高郎变高翁！

2015.01.21

暗恋

我深爱你你不知，夜半独自起相思。
你已住进我心底，生生世世不分离。

2015.01.24

霍去病

天妒英才惜短命，来如闪电去如风。
飞马挥剑出塞外，帝封冠军归茂陵。

2015.01.26

苏武

北海牧羊十九春，归汉已是白发人。
坚贞气节谁能比？忠君爱国第一臣！

2015.01.28

寄同志

人到中年眼睛软，每遇伤心泪不干。
共建文明富强国，幸福和谐胜桃源。

2015.02.01

岳飞

尽忠报国遵母训,胡虏难撼岳家军。
立志复国轻功名,一生抗金捷报频。
秦桧奸佞属帮凶,高宗加害有私心。
直捣黄龙成空愿,还我河山表英魂。

2015.02.02

故乡

父母在时故乡在,水有源头树有根。
最怕父母百年后,故乡再无牵心人。

2015.02.03

出塞(其二十二)

南国春来百花开,北疆冰封积雪白。
百事不如从军幸,最喜为国戍轮台。

2015.02.06

兄弟

平生不敢称弟兄,一声兄弟比山重。
生死患难求同共,富贵贫贱毋相轻。
半夜唤来谈心事,病重床前托幼童。
桃园结义传千古,梁山好汉留美名。

2015.02.12

古城

此生恨不着戎装,建功立业战沙场。
今日骑行古城墙,必扬国威超汉唐。

2015.02.22

天命

生死非己愿,老病亦天意。
成败与祸福,事事非人力。
修身求天佑,养性得心怡。
努力祈神助,荣辱赖祖恃。

2015.02.25

泾河

日月如飞梭,光阴似利箭。
不敢忆旧事,匆匆四十年。

2015.02.27

寄晚辈

不是猛龙不过江,不是英雄不离乡。
莫学家雀枝头闹,男儿自当走四方。

2015.03.09

寄晚辈(其二)

为人处世要阳光,积极传播正能量。
立身讲究忠孝仁,勇挑重担有担当。

2015.03.10

寄晚辈（其三）

人生读书最为乐，独有读书益处多。
修身明理生智慧，改变命运报家国。

2015.03.11

寄晚辈（其四）

修身第一要正直，人品最重是善良。
待人处事须大气，持此三德走四方。

2015.03.12

悼路遥（其二）

人民作家写人民，呕心沥血耗精神。
今日巨著上荧屏，举国夜晚泪纷纷。

2015.03.13

出塞（其二十三）

月明雪白铁衣冷，狐鸣狼嚎响夜空。
八百壮士守孤城，阴山脚下尽坟茔。

2015.03.23

记忆

提笔欲忆五十年，天翻地覆惊巨变。
父母双双添白发，当年幼童已中年。
领袖传承第五代，人民生活大改观。
年近半百忆往事，且看晓君写诗篇。

2015.03.25

记忆1968

祖居陕西礼泉县，小镇北屯泾河边。
青瓦木椽百姓屋，鸡鸣犬吠农家院。
布衣布裤布鞋袜，铁锄铁锨铁刀镰。
一年收获仅温饱，先辈经商曾下川。

2015.03.28

记忆1976

亿万人民泪纷纷,江山失色哀伟人。
吉林坠落陨石雨,唐山发生大地震。
大江南北尽哭声,长城内外俱愁云。
金色十月秋风起,红色中国共欢欣。

2015.03.29

记忆1988

男儿二十出乡关,绿色铁龙向西边。
黄河岸边北风烈,塞上江南曾走遍。
历经艰辛到新疆,发誓学剑登天山。
单枪匹马行千里,每忆往事泪成串。

2015.03.31

记忆1996

半耕半读八年间,维系生存实卑贱。
天山脚下管食堂,西子湖畔做酒店。
两次乡村执教鞭,一度医院当保安。
当年犬子已五岁,未曾立业度日难。

2015.04.01

记忆1996(其二)

羊逢饿狼出围栏,人到绝境心思变。
百无去处临帝京,生命展开新画卷。
走州过县做生意,跨河越山赚银钱。
从此乌鸦变凤凰,营销天才初显现。

2015.04.02

记忆1997

万里雪飘压长城，天人同悲哀邓公。
拨乱反正定乾坤，恢复高考育精英。
改革开放建伟业，一国两制成大名。
隐忍藏锋待时机，能屈能伸真英雄。

2015.04.03

记忆2000

求田问舍千禧年，买房装修置家电。
三载筑起安乐屋，一年吃遍长安宴。
春日漫步古城墙，夏夜驻足烧烤摊。
春风得意日日醉，踌躇满志夜夜欢。

2015.04.04

记忆2001

乐极生悲遇祸端，驱马疾驰跌深渊。
五月花谢五月天，英雄蒙难英雄山。
三载患疾辞商场，几度治病住医院。
痛到极点寻自尽，人处困境求神仙。

2015.04.05

记忆2004

大病未愈出潼关，鹏城独登莲花山。
南海风光无限美，人在旅途有苦甜。
搏击商海不减勇，再写传奇成美谈。
江湖人称不死鸟，浴火凤凰重涅槃。

2015.04.06

记忆2008

漫天大雪降南国，湘赣黔桂见积雪。
汶川发生大地震，天魔地魔祸中国。
北京举办奥运会，鸟巢上空燃圣火。
祥云火炬传世界，赛场频频奏凯歌。

2015.04.21

记忆2013

爱情有苦也有甜，相爱未必到永远。
一段苦恋可惊天，惨淡分手归平凡。
事业感情两艰难，求索奋斗不间断。
坚信人间有真爱，牵手知音步红毯。

2015.04.24

火山（其二）

海底有座死火山，隐忍沉默不发言。
他日定要吐烈焰，能使大海起波澜。

2015.05.02

霍去病（其二）

桀骜不驯出玉关，耀武扬威过酒泉。
老死床箦寿百岁，不及嫖姚二十三！

2015.05.03

自画

经历颇传奇，故事惹泪花。
虽然未崛起，从来没倒下。

2015.05.05

赠含笑（其二）

去排八字说不合，归来相拥泪婆娑。
今生宁愿下油锅，与君牵手不放过。

2015.05.08

天津

亲近城市因情在,热爱春天缘花开。
当年逃离伤心地,情去花谢暴雨来。

2015.05.09

母爱

天下母爱最无私,不求回报不为利。
哺育教诲恩如海,尽忠行孝生平事。

2015.05.12

情圣

萍水相逢坠情海,一见起爱难释怀。
盼君能到梦里来,我用一生来等待。

2015.05.20

情圣（其二）

相爱须得顾处境，枷锁难阻君入梦。
少年不能执君手，暮年与君共晚景。

2015.05.21

庞统

初见玄德不知公，低就耒阳当县令。
幸亏翼德识兄才，不负先生凤雏名。

2015.05.27

上海

江南五月雨正浓，上海街树多梧桐。
滴答水声听不尽，佳人离去楼阁空。

2015.05.28

真爱

即便此生不拥有,也用生命来呵护。
夕阳篝火两相望,月光大海同恒久。

2015.05.30

呼兰

龙江六月春意浓,胜似江南四月景。
草木碧翠禾苗青,春雨淅沥祭萧红。

2015.06.02

天下

千山千水千英雄,一天一地一长城。
风华少年逐美梦,志士仁人建伟功。
多情美人以身许,肝胆知己千金赠。
醉后问君平生志,功盖千秋一老翁。

2015.06.03

赠黎冰

一见钟情非颜值，谈吐芬芳显气质。
莫笑郎君泪点低，边起相思边听雨。

2015.06.15

出塞（其二十四）

塞外六月草木绿，牛羊成群蓝天底。
巡逻边境如赏景，不忘北方有大敌。

2015.06.16

女人赞

女人善良乃天性，养育儿女爱生灵。
女人慈悲如观音，普度众生救万民。
女人柔情似海深，英雄豪杰俱销魂。
女人坚韧象软剑，水火淬炼不折断。

2015.06.17

冥想

人行如画里,车驶在空中。
物我两相忘,西山夕阳红。

2015.06.19

出塞(其二十五)

衣不解甲卧阴山,枕戈待旦不酣眠。
狐鸣狼嚎三两声,预知天明有恶战。

2015.06.25

堵车

万辆汽车堵红尘,常遇此景不烦人。
西游看上两三页,宝马前行十公分。

2015.06.27

出塞（其二十六）

秦川子弟到边关，不杀群狼誓不还。
抹去一把思乡泪，晨钟暮鼓响长安。

2015.07.01

出塞（其二十七）

封狼居胥山何在？苏武牧羊地哪边？
欲去诗仙家祭奠，驻马北望泪潸潸。

2015.07.02

百家

内圣外王习孔孟，逍遥自在学老庄。
建功立业看商李，纵横捭阖效苏张。

2015.07.03

哈尔滨

白雪黑土两相合，稻香茄红物产多。
松花江上风光美，中央大街似俄国。
音乐绘画有才艺，红肠啤酒加情歌。
百年人称小巴黎，名流美媛都来过。

2015.07.04

两难

左手是马云，右手是星云。
左边握拳头，右边要松手。

2015.07.09

天津（其二）

高铁穿梭过天津，追名逐利车上人。
风景年年都依旧，老妇倚窗忆青春。

2015.07.10

静心

为求静心到南山,辟谷闭关一年半。
又修佛学至寺院,打坐参禅整两年。
朝饮露水晚食果,晓看旭日夜观月。
今日徜徉红尘中,笑看人间离与合。

2015.07.11

将军吟(其十一)

一道圣旨要进京,正值塞外绿色浓。
一路班师一路哭,临阵讨敌在梦中。

2015.07.12

秦川(其二)

秦川遍地帝王陵,秦人古朴又厚重。
秦地小吃不可数,秦腔悲凉唱英雄。

2015.07.20

匆匆

半生来去两匆匆,未曾看过身边景。
今晨漫步南湖畔,顿觉名利一场空。

2015.07.21

出塞(其二十八)

又跨战马巡长城,满腔尽是报国情。
为求百姓得安康,不计生前身后名。

2015.07.22

母亲

母性人性最光辉,母爱世间最伟大。
相夫教子责任重,诗人敬把母亲夸。

2015.07.23

呐喊

战天斗地意志坚,旋转乾坤不畏难。
身处困境能逆袭,命运由人不由天。

2015.07.25

忆祖母

祖母过世十四年,一早忆起泪涟涟。
难忘床前尽孝时,身在天山望秦川。

2015.07.31

家

父母在哪里,哪里就是家。
爱人在哪里,哪里就是家。
儿女在哪里,哪里就是家。
事业在哪里,哪里就是家。
可怜独行客,欲归没有家。

2015.08.01

江山

长江黄河珠水岸,泰岳黄山华山巅。
春秋战国人辈出,魏蜀东吴星璀璨。
秦皇进取成帝业,汉武豪迈功盖天。
唐宗包容纳宇寰,风流人物看今天。

2015.08.03

惆怅

近日无端老想哭,衣食无忧不舒服。
闲来卧床读史记,掩卷感叹汉高祖。

2015.08.04

父亲

父亲年老脾气好,不肯休养仍操劳。
思念儿孙日常事,人生幸福椿萱茂。

2015.08.07

缘分

女人千万人,偏偏遇见你。
感情千万种,偏偏爱上你。
修行一千年,乘舟在一起。
修行一万年,同床共枕席。

2015.08.09

天津(其三)

高铁穿梭京津间,来回飞驰如闪电。
从此以后兄妹称,你我本是平行线。

2015.08.11

小人

一天到晚圣人言,出口伤人揭人短。
自作聪明设机关,惯使阴招放冷箭。

2015.08.18

小丑

总把生活当表演,装腔作势惹人厌。
话空心虚器量窄,嘴大肚小不要脸。

2015.08.19

伞

遮阳蔽雨两功能,恋人伞下尽柔情。
奸人苦觅保护伞,祸国殃民掩恶行。

2015.08.20

东北好

东北好,无边大平原。
松花江上出美女,长白山下多伟男。
稻香瓜果甜。

2015.08.21

生日有感

想罢亡弟想亡兄,泪水如珠滴不停。
生老病死躲不过,人生终是一场空。

2015.08.22

神话

嫦娥奔月,夸父逐日。刑天舞戚,炎黄鏖战。
精卫填海,女娲补天。大禹治水,愚公移山。

2015.08.24

先烈

甘为主义抛头颅,愿为信仰洒热血。
热血染成国旗红,理想化作莲花开。

2015.08.27

先烈（其二）

从容就义李大钊，慷慨赴死瞿秋白。
甘守清贫方志敏，松柏长青杜鹃开。

2015.09.02

天津（其四）

相爱未必在一起，只要彼此住心里。
星星街灯同闪耀，两者永远隔天地。

2015.09.03

天津（其五）

我在雨天看秋景，你撑雨伞在独行。
往来京津如同城，你我相逢在梦中。

2015.09.05

天津（其六）

忆昔秋雨连绵时，相拥伞下踩枯枝。
今日京津同落雨，只是伞下没有你。

2015.09.10

天津（其七）

你我相隔玻璃墙，近在咫尺四目望。
试图用力去打破，玻璃无损人受伤。

2015.09.12

天津（其八）

黑夜过津至京城，高铁疾驰如流星。
繁华散尽人去后，天地永驻真感情。

2015.09.13

戏剧人生（其二）

四十七年在彩排，人生大戏今拉开。
好戏不怕开幕晚，酝酿愈久愈精彩。
唱念做打露绝活，生旦净丑尽登台。
传奇曲折惹人泪，真情引得掌声来。

2015.09.26

忆岭南（其二）

岭南美，海天一样蓝。
成群海鸟齐欢唱，海浪翻滚击海岸。
月明星璀璨。

2015.09.27

国庆

秋高气爽阳光灿，天蓝草碧红旗艳。
风调雨顺庆华诞，五谷丰登赞秋天。
车水马龙人出行，熙熙攘攘满景点。
国家昌盛唱颂歌，人民幸福谱诗篇。

2015.10.01

国庆（其二）

边境线上有士兵，高速路上有交警。
公交上面有司乘，医院里面有医生。
农民金秋忙收获，重大项目不停工。
国庆假期人如织，坚守岗位最光荣。

2015.10.02

国庆（其三）

旅客纷纷踏归程，尽将美景藏心中。
长江长城观秋色，黄山黄河留倩影。
祖屋故居忆旧事，故乡小院诉离情。
世界各地闻汉语，回国如同凯旋兵。

2015.10.07

重阳

重阳祭祖上，烟火满祠堂。高家颇传奇，祖上很荣光。
重阳想爹娘，夜深到天亮。爹娘养育恩，一生总难忘。
重阳思兄弟，弟亡兄早殇。此生不相见，再见到天堂。
重阳忆伙伴，各在天一方。昨日小朋友，今天镜框上。

2015.10.21

秋歌

树叶青,树叶黄,一青一黄树木长。
雁北飞,雁南回,一飞一回逾千水。
又是雨,又是风,风风雨雨度人生。
过春节,过中秋,四十七载已白头。

2015.10.22

双面人

酒桌发誓又拍胸,来日一概忘干净。
微信深沉聊人生,生活庸俗能透顶。
远行拜佛塔尔寺,为人猥琐如蚁虫。
平日满口大道理,处世自私无真情。

2015.10.28

齐家陕菜

凉皮泡馍臊子面,酥肉丸子八宝饭。
荞面饸饹入口香,腊汁肉烂能解馋。
一声秦腔吼起来,四瓶西凤八人摊。
同是在京关中汉,共沐天朝恩泽暖。

2015.10.30

送毛兄

君去烟云两茫茫，京城雪白树叶黄。
狮城此时天正热，欧陆寒冷须加裳。
思乡常哼眉户调，怀旧多听弦板腔。
企盼早日回帝都，秦唐食府说番邦。

2015.11.06

登华山

登顶西岳勾宏图，烽火连天几时休？
盘龙棍出扫天下，不教人间有争斗！

2015.11.11

陶然亭

决计以后不想你，无奈昨夜在梦里。
京城晚秋飘小雨，陶然亭内叶满地。
抚碑叹息石评梅，驻足追思高君宇。
生命来去如闪电，只要活在人心底。

2015.11.12

读者

黄河岸边一才女，秀外慧中有气质。
相识相知三十年，你已永驻我心里。
每逢约会翘首盼，依偎淡香沁人脾。
年过四十不见老，成熟优雅更美丽。

2015.11.16

将军吟（其十二）

将军建功到北疆，战死沙场不还乡。
雪月相映星划落，十万子弟哭一场。

2015.11.22

幻身

入世出世皆随心，商人原本是道人。
奔波红尘求财苦，闲来隐居在白云。

2015.11.23

出塞（其二十九）

久居京城思边关，身在帝都念阴山。
此番尽灭胡儿威，共尊我主天可汗。

2015.11.26

出塞（其三十）

塞外冬月雪似沙，南国开满紫荆花。
曾是花前吟诗客，今朝戍边穿盔甲。

2015.11.29

出塞（其三十一）

大雪漫天北风刮，泾河岸边是我家。
愿将枯骨葬边关，不费亲友送纸花。

2015.11.30

半月

冰城灯红酒绿，春城金碧辉煌。
鹤城独行龙沙，沈城故宫畅想。

昨日鞍山大雪，今天大连暖阳。
阴晴尚且难料，人生更觉无常。

2015.11.30

将军吟（其十三）

京城公馆暖如春，忆起边关泪纷纷。
宁肯雪山埋枯骨，不做老死床上人！

2015.12.03

喜鹊

喜鹊是种吉祥鸟，乐与人处爱热闹。
早晨老人忙锻炼，喜鹊枝头喳喳叫。

2015.12.06

誓师

受苦忍辱有半生,装傻卖痴隐峥嵘。
遍行天下拜名师,结交志士为奇功。
今朝带兵应天命,尽灭群魔斩恶龙。
驱邪除秽消瘴气,宇宙风清乾坤正。

2015.12.09

师父

扬名立万到天津,授徒踢馆逞英雄。
灯红酒绿美人舞,纸醉金迷乱世情。
叩首拜师显规矩,玩阴使诈搏名声。
刀光剑影终远遁,牵手爱侣度人生。

2015.12.26

展望2016

人生五次逢金猴,细数虚龄四十九。
半世种下成功果,展望明年应丰收。
胸怀理想三十载,肩负使命四十秋。
清晨又闻喜鹊叫,来年好事连连有。

2015.12.29

写诗

万个文字万名兵，运筹调遣排齐整。
同声呐喊吞山河，轻吟浅唱诉柔情。

2016.01.10

将军吟（其十四）

眼睛昏花牙齿松，双耳似有知了鸣。
须发皆白不服老，挥剑犹能斩恶龙。

2016.01.18

天津(其九）

身在京城心在津，四九天气刮寒风。
晓君自叹福分浅，不能拥你入怀中。

2016.01.19

忠告

凡人莫要谈爱情,爱情原本属情圣。
男女如若陷情境,日月不分失理性。
发疯癫狂寻常事,分分秒秒不安生。
家国情怀全抛却,前程事业黄粱梦。

2016.01.22

山村访友(其二)

山村访友遇小童,仰头问客姓与名。
弄清欲到六爷家,前方带路咚咚咚。

2016.01.23

旅游

手拉行李箱,肩挎照相机。
出行随大流,尽往景点挤。
避寒去三亚,滑雪亚布力。
读破万卷书,胜走千万里。

2016.01.27

敬畏

敬畏苍天不狂妄，敬畏祖先不懈怠。
敬畏生命不挥霍，敬畏自然不作孽。
敬畏法律不违背，敬畏道德不思邪。
敬畏人言不逾矩，敬畏良心不苟且。

2016.02.03

吃亏

为人须要学吃亏，针尖麦芒莫相对。
退让不关性软弱，不屑争执与尔辈。

2016.02.04

将军吟（其十五）

久不出战得病症，身困失眠废武功。
浇花养鱼度日月，梦里几度响驼铃。

2016.03.17

将军吟（其十六）

置身春花思雪花，华服不如穿铠甲。
每日舞剑三百遍，剑锈人懒诚可怕。

2016.03.27

兄弟（其二）

都从关中到京城，经历各异路不同。
几度相聚忆故乡，数次酒后论英雄。
今朝有缘建功名，愿将宏图托弟兄。
肝胆相照昭日月，荣辱与共齐步行。

2016.04.11

虔诚

你在佛前念经，我在红尘走路；
你每日念两万遍经，
我每天走两万步路；
你为我静修，我为你苦行！

2016.04.13

贺姐夫（其二）

肩扛将星责任重，当知天下不太平。
友好只是台面话，大国博弈在暗中。
治军要学岳鹏举，带兵须效戚元敬。
枕边更有一女杰，不输昔日穆桂英！

2016.05.03

阳台

去年从你楼下过，你在阳台笑盈盈。
今日从你楼下过，阳台空空人匆匆。

2016.05.04

胸怀

胸中自有江和海，胸中自有情和爱。
胸中自有千帆渡，胸中自有百花开。
阅史才能通古今，远行方可知中外。
念念不忘英雄志，孜孜以求天地才。

2016.06.01

境界

十里境界为吃喝,百里境界图玩乐。
千里境界求功名,万里境界报家国。
安逸享受销铁骨,酒肉声色失人格。
丈夫须做圣贤事,利惠天下后人说。

2016.06.02

眼光

登山远眺九万里,读史通透五千年。
看人看到骨头缝,料事料到分毫间。
火眼金睛识妖魔,饮酒击剑交伟男。
浓雾重重知去路,乌云滚滚见青天。

2016.06.11

想海

想海的时候，我到护城河。
那浅浅的河水，好像爱人的酒窝。

想海的时候，我去什刹海。
那弯弯的湖水，好像美人的身材。

想海的时候，我游颐和园。
那绿绿的春水，好像情人的笑颜。

为了去看海，我专程到大连。
手捧着蓝蓝的海水，我却更加想念！

2016.06.24

思念

你是江南雪，我是塞外沙；
你是西湖水，我是黄河浪；
你是中秋桂，我是冬月松；
你是钱塘月，我是大漠风；
你是温润玉，我是嶙峋石。
你若丝绸柔，我比钢铁坚。
分别二十年，再也没相见！

2016.06.25

如果

如果不能爱你，为什么要在一起？
山盟海誓的话语，做不到有何意义？

如果不能疼你，何必相处朝夕？
相伴的分分妙妙，不让你有半点委屈。

如果不能照顾你，还不如各奔东西。
我宁愿独自面对风霜雪雨，只为你有如春的四季。

如果不能保护你，我会选择默默离去。
我扔掉了刀枪剑戟，去无人的山野隐居。

2016.07.14

桥

架起贯通南北，修成连接东西。
能把天堑变通途，带来几多便利。

介绍双方认识，促成男女夫妻。
小人过河急拆除，留下一句成语。

2016.07.16

恶人

吃饱便砸其锅,喝足便毁其井。
一旦得志就变脸,当年孤苦伶仃。

曾经摇尾乞怜,几度哀告哭穷。
今日化作中山狼,呲牙尽露狰狞。

2016.07.16

雨

春雨像美人,亲吻你肤唇。
夏雨像泼妇,凶悍敢动武。
秋雨像情人,缠绵说不尽。
冬雨像巫婆,能变满天雪。

2016.07.21

负心郎

当年送君上马,抚鞍执辔泪洒。
怒吼一声奔沙场,从此只剩牵挂。

今朝功成归来,志得意满潇洒。
身旁更有美人伴,负妾十载年华!

2016.07.22

摆擂

刀枪剑戟都精通,斧钺钩叉舞如风。
少林武当俱研习,峨眉崆峒门门清。
威虎山上擒猛兽,黑水河里斩恶龙。
今摆两丈三尺擂,打遍天下害人虫!

2016.07.30

命运（其二）

命运是西湖里无人的小舟；
命运是棋盘上无助的棋子；
命运是秋风里摇曳的树梢；
命运是人流中拥挤的个体。

漂向哪里，小舟不知道；
谁在下棋？莫非是天外的手？
偏到哪边，听着风的意见；
走到哪里，要看众人的去处！

2016.08.11

花草

胡适吟唱兰花草，高君泪洒玉簪花。
兰花草，玉簪花，一样都为心上她。

2016.09.01

金岳霖

仅为痴迷林徽因,甘愿一生孤独身。
莫言世间无爱情,只缘今人多花心。

2016.09.07

一样

你和风一样,风和你一样。
若说不一样,我能听风响。

你和花一样,花和你一样。
若说不一样,我能闻花香。

你和雪一样,雪和你一样。
若说不一样,你比雪更靓。

你和月一样,月和你一样。
若说不一样,我能看月亮!

2016.09.08

沉默

见你不能说,怕你嫌轻薄。
每次去见你,装作很快乐。

想你不能说,虽然常联络。
表情很愉快,心中很苦涩。

梦你不能说,夜半常起坐。
月亮照着你,月亮照着我。

爱你不能说,不说就不说。
只要你开心,我愿守寂寞!

2016.09.11

咏秋

秋叶纷纷舞翩跹, 秋雨过后见蓝天。
秋风劲吹扫雾霾,丈夫不做伤秋篇!

2016.10.28

转变

学剑不成转学书,从军不成转从商。
求名不成转求利,救国不成转救心。

2016.11.03

与美卿

我今骑马远征,汝须织耕家中。
孝敬双亲养儿女,汝亦多多保重。

待我扫平群雄,同汝隐居溪东。
挑水浇田农家事,胜似神仙天宫!

2016.11.08

与美卿(其二)

前方战事正浓,马死人亡尸横。
三万精兵剩三百,料我葬身其中。

汝应趁早改嫁,儿女务必照应。
一颗流星划夜空,此刻我已没命!

2016.11.10

与美卿（其三）

突然天降神兵，救我绝望之中。
五万精锐俱付我，今生感念江兄。

三年扫平群雄，兵马尽交朝廷。
牵汝双手去溪东，世上再无英雄！

2016.11.11

南湖

　　风有意，花无情，风吹花落枝头空。
人独立，月色明。既悔孽缘，佳缘难成。
痛，痛，痛！
　　夜已深，湖水冷。男人多情成笑柄。
江山重，私情轻。不做情种，誓做英雄。
能，能，能！

2016.11.16

北海

冬风起,湖水冰。落木萧萧心肺冷。
天色蓝,游船空。神情凄惨,肝肠寸断。
疼,疼,疼!
曾记起,四月中。长发黑衣眸子明。
绕天坛,穿故宫。往事如昨,韶华难再。
梦,梦,梦!

2016.11.23

西山

朝日升,夕阳落。蜿蜒溪水带冰过。
草木悲,人寂寞。目似死水,心如槁灰。
坐,坐,坐!
街市闹,觥筹错。江湖争斗太险恶。
左手道,右手佛。三处道观,四处寺院。
躲,躲,躲!

2016.11.25